Carl Friedrich Theodor Müller

Karl Kraepelin. Zur Erinnerung an sein Leben und seine künsterische Tätigkeit

Carl Friedrich Theodor Müller

Karl Kraepelin. Zur Erinnerung an sein Leben und seine künsterische Tätigkeit

ISBN/EAN: 9783743619951

Hergestellt in Europa, USA, Kanada, Australien, Japan

Cover: Foto ©Raphael Reischuk / pixelio.de

Manufactured and distributed by brebook publishing software (www.brebook.com)

Carl Friedrich Theodor Müller

Karl Kraepelin. Zur Erinnerung an sein Leben und seine künsterische Tätigkeit

Karl Kraepelin.

Zur Erinnerung
an
sein Leben und seine künstlerische Thätigkeit.

Von

K. Fr. Müller.

Mit einem Bildnis Kraepelins und einigen
Briefen Fritz Reuters.

Hamburg.
Druck und Verlag von Ferdinand Schlotke.
1884.

Inhalt.

I. Kapitel: Das Elternhaus in Wittenburg. Jugendjahre Kraepelins. Auf dem Gymnasium in Wismar . . . . Seite 9

II. Kapitel: Auf der Universität Berlin. Übergang vom Studium der Theologie zur Kunst. Lehrzeit im Dienste der Musen „ 22

III. Kapitel: Am Hoftheater in Neustrelitz. Das Jahr 1848. Ende der Bühnenlaufbahn „ 30

IV. Kapitel: Neue Bahnen. Erste Begegnung mit Fritz Reuter. Der Wendepunkt in Kraepelins Leben . . . . „ 40

V. Kapitel: Auf der Wanderschaft als Reuter-Apostel. Meisterjahre. Ausgang . . „ 53

VI. Kapitel: Zur Charakteristik Kraepelins und zur Würdigung seiner Kunst . . . . „ 64

Vorwort.

Auf den Wunsch einiger Freunde und Verehrer Kraepelins, zu denen auch der Herr Verleger gehört, habe ich mich entschlossen, die früher veröffentlichten Skizzen („der Reuter-Apostel" im Neuen Blatt 1877, Salon 1880, „zur Erinnerung an K. Kraepelin, den Reuter-Vorleser" im Hamburger Fremdenblatt 1883, Beilage Nr. 166 bis 168; vgl. auch Allgem. Deutsche Biographie s. v.) zu einem Gesamtbilde zu vereinigen und sie durch die Buchform in ein dauerhafteres Gewand einzukleiden, als in die leichte Hülle schnell verwehter Zeitungsartikel. —

Kraepelins Leben ist nicht eben ausgezeichnet durch hervorragende äußere Erfolge oder besonders wechselvolle Schicksale, und doch darf es unserer Teilnahme für wert erachtet werden, schon wegen seiner nahen Beziehung zu dem größten Humoristen unserer Litteratur, zu Fritz Reuter. Keiner hat gleich ihm zu der für deutsche Verhältnisse ganz ungeheuren Verbreitung der Schriften seines Landsmannes und Freundes beigetragen, keiner für das Verständnis der plattdeutschen Dialektdichtungen, wie er, gewirkt, und keiner in der Kunst des Vortrags ihn übertroffen, ja auch nur annähernd erreicht.

Aber auch abgesehen hiervon bietet sein Leben das anziehende Bild eines unverdrossenen, energischen und schließlich erfolggekrönten Ringens gegen widrige Lebensschicksale mancherlei Art. Interessant ist es, in dieser Beziehung eine Parallele zwischen dem Dichter und seinem „Apostel" zu ziehen. Beide entdecken erst in gereiftem Alter, als Vierzigjährige, nachdem manche andere Hoffnung ihnen fehlgeschlagen und ihr Lebensschifflein gelegentlich in die äußerste Bedrängnis geraten ist, das Gebiet, auf dem ihnen lohnenden Früchte ihrer Thätigkeit erwachsen sollten. Beide betreten nicht eigentlich aus eigenem Antrieb, sondern mehr zufällig, auf

Veranlassung und unter dem Einfluß anderer, die neue Lebensbahn; beide beginnen mit den bescheidensten Erwartungen und lassen sich durch den errungenen Erfolg nicht blenden und zu ungemessenem Selbstgefühl verführen; beide endlich werden fast in demselben Lebensjahr vom Tode hinweggerafft. —

Wer ihnen im Leben näher gestanden hat, dem wird auch mancher verwandte Charakterzug nicht entgangen sein: so vor allem bei beiden ein männlich biederer, ehrenhafter Sinn, der das Falsche und Schlechte haßte und in Worten und Handlungen sich schlicht und offen, redlich und rechtlich gab. —

Der biographische Stoff ist thunlichst aus der besten Quelle geschöpft: zum größten Teil rühren die Angaben über seinen Lebensgang direkt oder indirekt von Kraepelin selber her, dem der Verfasser seit 1873 nahe stand. Mancherlei Ergänzungen, resp. Berichtigungen, sind mir von verschiedenen Seiten zugegangen; eine Reihe wertvoller Notizen verdanke ich besonders den Herren Dr. W. E. Peschel, Direktor des Körner=

museums in Dresden, Hoftheaterdirektor C. A. Görner in Hamburg, L. Gubitz in Neustrelitz, Consul Chr. Kruse und Rechtsanwalt O. Lange in Kiel, Ferd. Müller in Verden u. a. Allen diesen sei hiermit mein herzlichster Dank für ihre Mitteilungen ausgesprochen. —

So möge denn das anspruchslose Büchlein hinauswandern in die Welt und das Gedächtnis des auf seinem Gebiete unübertroffenen Künstlers bei der großen Zahl seiner Verehrer, die ihm so manche Stunde geistiger Anregung und ungetrübten Genusses zu verdanken hatten, lebendig erhalten!

Kiel, am Geburtstage Fritz Reuters
1883.

Dr. K. Fr. Müller.

Erstes Kapitel.

Das Elternhaus in Wittenburg. Jugendjahre Kraepelins.
Auf dem Gymnasium in Wismar.

Karl Wilhelm Kraepelin ist in Wittenburg, einem Städtchen in Mecklenburg-Schwerin (zwischen Hagenow und der Hauptstadt des Großherzogtums), am 5. Oktober 1817 geboren. Seine Ahnen väterlicherseits waren Generationen hindurch wohlbestallte Prediger in Mecklenburg gewesen; auch seine Mutter Karoline, geborene Bergner, entstammte einer Pastorenfamilie aus Rottleberode bei Stolberg im Südharz.

Der Vater, Christian Kraepelin, cand. theol., war ein untersetzter, breitschultriger, mit ungewöhnlicher Körperkraft ausgerüsteter Mann, der nach Anlage und Neigung eher zum Landmann, als zum Geistlichen getaugt hätte. Er war das einzige Kind seiner früh verwitweten Mutter, und unter ihren Frauenhänden hatte sich seine kräftige, urwüchsige

Natur vollkommen nach eigenem Willen entwickeln können, um später oft durch elementare Ausbrüche einen ungünstigen Einfluß auf die Gestaltung seiner äußeren Lebensstellung auszuüben. Doch besaß auch er jenen gemütlichen Humor, der dem Mecklenburger eigentümlich ist, und den Fritz Reuter so unübertrefflich in den Gestalten seiner Dichtungen zu verkörpern verstanden hat.

Zu seiner Charakteristik diene die folgende kleine Geschichte, die dem Sohne, so oft er sie später in vertrautem Freundeskreis erzählte, allezeit ein behagliches Lächeln abnötigte.

Während seiner Thätigkeit als Rektor der Stadtschule in Wittenburg vergaß er bei der Züchtigung der ihm anvertrauten Jugend nicht selten, daß, wie Fritz Reuter in seiner „Stromtid" richtig hervorhebt, „Holzhauen und Kinderhauen zweierlei ist." Natürlich erwuchsen ihm durch die zu weit ausgedehnte Ausübung des Strafrechts allerlei Verdrießlichkeiten und Konflikte, nicht nur mit den Eltern, sondern auch mit der ihm vorgesetzten Behörde. So erschien denn eines Tages, als wieder einmal auf dem Rücken eines Wittenburger Weltbürgers „Sonne, Mond und Sterne" zu sehen gewesen waren und die Eltern des Sprößlings sich über den „Herrn Rekter" beschwert hatten, der erste Prediger des Städtchens, Kraepelins unmittelbarer Vorgesetzter, im Schulhause, um ihm einen amtlichen Verweis zu erteilen. Der Rektor hörte die Vorstellungen des Geistlichen anfangs ruhig an; als dieser nun aber mehr und mehr in Eifer geriet und allerlei spitzige, nicht zur Sache gehörige Bemerkungen einstreute, verbat sich dies Kraepelin in kurzen, entschiedenen Worten. Allein der Prediger war zu schön im Zuge, und da er gegen den Rektor eine persönliche Abneigung hegte, benutzte er die Gelegenheit, ihn mit weiteren anzüglichen Redensarten zu kränken. Ein Weilchen ließ sich der Angegriffene dies noch äußerlich ruhig gefallen, als aber die Sache kein Ende nehmen wollte, faßte er ohne ein Wort der Erwiderung mit kräftiger Hand den Pastor beim Kragen, schob ihn zur Hausthür hinaus und schleuderte ihn so wuchtig über den Bürgersteig, daß der geistliche Herr, sich mühsam aus dem Rinnstein aufrappelnd, auf die andere Seite flüchtete und dort stehenbleibend ganz verdutzt ausrief: „Wat will denn eigentlich de Kierl?" Ein homerisches Gelächter war Christians Antwort; die drastische Komik der Situation hatte seinen Zorn gleich einer Seifenblase zerplatzen lassen.

Es war indessen vorauszusehen, daß dieser Art energischer Selbsthülfe nicht ohne Nachspiel bleiben konnte, und so wurde denn der Rektor Kraepelin nach einiger Zeit vor eine Art von geistlichem Gericht citiert, um sich wegen groben, handgreiflichen Vergehens gegen seinen unmittelbaren Vorgesetzten zu verantworten.

Kraepelin erzählte den Vorgang der Wahrheit gemäß und schloß mit der Versicherung, daß er bei aller Achtung vor seinem Vorgesetzten sich nun und nimmermehr, sei es in seinem Hause, sei es an einem dritten Ort, persönliche Beleidigungen gefallen lassen würde.

Die Erwiderung des Pastors war weitschweifig und salbungsvoll; es dauerte auch nicht lange, als wieder allerlei Stichelreden mit unterliefen, und abermals beleidigende Bemerkungen dem hitzigen Gegner das Blut zu Kopfe drängten. Kurz resolviert packte er den geistlichen Herrn wieder beim Rockkragen und transportierte ihn, die Thür hinter sich schließend, hinaus auf die Straße. Man kann sich das Erstaunen der Zurückbleibenden denken, als sie den zur Untersuchung stehenden Vorgang recht eigentlich ad oculos demonstriert erhielten.

Durch den Einfluß des Bürgermeisters, eines Verwandten Kraepelins, wurde zwar die Angelegenheit einigermaßen gütlich beigelegt, aber es erscheint als natürliche Folge, daß sich der Rektor durch sein derbes, rücksichtsloses Auftreten zahlreiche Feinde machte, und ehe es seine Jahre unbedingt nötig erscheinen ließen, in Gnaden pensioniert wurde.

Auf den Sohn war, wie die Statur und Körperkraft, so auch der gerade, offene, jede Rücksicht um des eigenen Vorteils willen verschmähende Sinn, die unbestechliche Wahrheitsliebe, der berbe Freimut, die Nichtachtung gesellschaftlicher Konvenienzen, die Charakterfestigkeit, um nicht zu sagen Starrköpfigkeit, besonders aber auch der gesunde Humor des Vaters übergegangen.

Ganz anders geartet war die sanfte, gutmütige, liebenswürdige Mutter. In dem engen Kreis einer bescheidenen Häuslichkeit unabläjsig thätig, suchte und verstand sie freundlich zu vermitteln und auszugleichen, so oft die Heftigkeit des Vaters sich in polternder Weise Luft machte. Von ihr hatte Karl, ihr Lieblingssohn, das musikalische Talent geerbt. Ihre frische, silberhelle Stimme hatte sie in ihrer Jugend mit einem Manne zusammengeführt, dessen Gedächtnis im deutschen Volke für alle Zeiten fortleben wird. Das kleine Erlebnis möge an dieser Stelle Erwähnung finden.

Die sechszehnjährige Karoline Bergner war auf Verwendung der Gräfin Stolberg-Roßla zu der Familie des Oberjägermeisters v. d. Lühe nach Mecklenburg gekommen, um in der Haushaltung und bei der Erziehung der Kinder sich nützlich zu machen. Hier lernte sie Christian Kraepelin kennen, der als Kandidat der Theologie den Unterricht der

Knaben leitete, und abermals bewährte sich Jung Jochens tiefsinnige Behauptung, daß „'ne Erzieherin un en Kannebat in ein un densülwigen Huj' tau Leiwsgeschichten führt": Karoline Bergner und Christian Kraepelin wurden ein Paar. —

Die v. d. Lühe'sche Familie war abwesend, als am 25. August 1813 auf ihrem Gute Gottesgabe (unweit Schwerin) Franzosen auf dem Durchmarsch erwartet wurden. Alles war vorbereitet; man hatte den ganzen Tag vergebens gewartet und gab sich schon der Hoffnung hin, daß die verhaßten Gäste eine andere Straße gezogen seien, als gegen Abend plötzlich Stimmen laut wurden und Soldaten vor dem Herrenhause erschienen. Zur freudigen Ueberraschung der Bewohner waren es aber nicht Feinde, sondern ein Detachement Lützower Jäger, voran der heldenmütige Major v. Lützow selbst und ihm zur Seite sein Adjutant, ein junger schöner Mann, dessen große, strahlende, blaue Augen auch später noch unvergeßlich in Karolinens Herzen fortlebten. Schnell hatten die Insassen mit den Soldaten und ihrem tapfern Führer Freundschaft geschlossen; prächtig mundeten die für den Feind bestimmt gewesenen Erfrischungen, und nach der ersten Rast fragte der Adjutant, ob nicht ein gutes Instrument im Hause sei, da er sich und die Seinen noch mit etwas Musik erfreuen möchte. Man führte die Herren in den Saal, und bald erklang in Begleitung der Töne des Klaviers eine kräftige, sonore Männerstimme durch die weiten Räume. Dieser Lockung konnte Karoline, die sich bis dahin von den Gästen fern gehalten hatte, nicht widerstehen; sie wagte sich, Obst präsentierend, unter die Herren, und als sie die Frage des Majors, ob auch sie singen könne, bejaht hatte, ertönten bald im Duett die Lieder eines Arndt u. a., welche uns noch heute jene große Zeit mit ihrem glühenden Patriotismus vor die Seele zu zaubern im Stande sind. Unvergeßlich schön war die Stunde, und oft mögen ihrer die Kampfgenossen später in Wehmut gedacht haben. Schnell verflog die Zeit, und der Major drängte, noch eine kurze Rast zu halten, da man in der Nacht um 2 Uhr aufzubrechen beabsichtigte. Karoline neckend, meinte der Adjutant, sie würden wohl auf den verheißenen Kaffee verzichten müssen, denn so früh werde voraussichtlich noch niemand im Hause aufstehen. Aber Karoline hielt Wort als treues, deutsches Mädchen; sie bereitete zur rechten Zeit mit eigener Hand das erquickende Getränk, und frisch gestärkt zu neuem Kampfe verließen alle nach herzlichem Abschied das gastliche Haus.

Wenige Stunden später lag ein kleines Häuflein Lützower Jäger unweit Rosenberg; der Adjutant war mit der Aufzeichnung eines Gedichts beschäftigt, in glühender Begeisterung schrieb er das Schwertlied in seine Brieftasche — vielleicht als Nachklang jener jüngst verlebten schönen Stunden.

Nicht lange, und ein kurzes, aber heftiges Gefecht entbrannte. Auf schnaubendem Rosse allen voran sprengt Lützows Adjutant in kühnem Heldenmut: da trifft ihn die feindliche Kugel, und teuer, zu teuer wird der Sieg erkauft mit seinem Leben! Trauernd steht das deutsche Volk an Theodor Körners Leiche!*)

Das Städtchen Wittenburg war zu der Zeit, von welcher hier die Rede ist, von allem Verkehr so gut wie abgeschlossen und bildete gleichsam eine kleine Welt für sich, ähnlich wie Stavenhagen,

---

*) Das Instrument, an welchem Theodor Körner mit Karoline Kraepelin zum letzten Male gesungen, wurde später, als es seinen Zwecken nicht mehr genügte, verbrannt. Nur der Aufschlagdeckel des Klaviers, im Holz noch gut erhalten, blieb verschont und ist durch die Bemühungen des Herrn Dr. Peschel, Direktor des Körnermuseums in Dresden, ausfindig gemacht und für dasselbe erworben worden. Auf diesem Deckel ist vor einigen Jahren auf Veranlassung desselben Herrn die oben erzählte musikalische Episode (jedoch unter Weglassung von Kraepelins Mutter) von dem Historienmaler F. W. Heine in Oel vortrefflich ausgeführt (vgl. die Nachbildung in der Leipziger Illustr. Zeitung 1871, pag. 142).

Fritz Reuters Vaterstadt, deren Thun und Treiben in „Schurr Murr" in so köstlicher Weise von dem Dichter geschildert ist.

Wie naiv und harmlos das Leben sich in Wittenburg abspielte, geht u. a. daraus hervor, daß unser Kraepelin erst in seinem achten Lebensjahre seinen väterlichen Namen erfuhr; er und alle Welt sagte „Korl Rekter", und es machte auf das Kindergemüt keinen geringen Eindruck, als er zum ersten Mal inne wurde, daß er eigentlich „ganz anders hieße". Nach seiner eigenen Schilderung war er ein stilles, scheues Kind, das bei der geringsten Aufmerksamkeit, die ihm gewidmet wurde, in Verlegenheit geriet und in Thränen ausbrach. Sein Haupt schmückten lange, hellblonde Locken, welche bis auf die Schultern herabfielen und der Mutter größte Freude waren. Eines Tages aber ließ der gestrenge, aller Art Eitelkeit abholde Vater sie heimlich beseitigen. Man kann sich den Schrecken der guten Frau Rektor vorstellen, als sie, abends aus einem Kaffee von der Frau Senator heimgekehrt, ihren Karl mit kurzgeschnittenem Haar vorfand; es war ein Anblick, der ihr bittere Thränen gekostet hat.

Die Familie besaß in Wittenburg zwei große Gärten, einen zum Schulhaus gehörigen und einen zweiten, den sich der Vater dazu gekauft hatte.

Große Wiesen, Getreide- und Kartoffelland, mehrere Kühe, ein oder zwei Pferde, ermöglichten es dem Rektor, seiner Lieblingsneigung, der Landwirtschaft, nach Herzenslust nachzugehen. Lebhaft stand dem Sohne auch noch in späteren Jahren das Bild seines Vaters in der Erinnerung, wie er im Reitanzug zu Pferde in der Umgegend Besuche machte, eher einem stattlichen Gutsherrn, als einem Schulmeister ähnlich, oder wie er, den Braunen vor den Holsteiner Wagen gespannt, eigenhändig nach Schwerin kutschierte. Hier empfing Karl zum ersten Mal den Eindruck einer großen Stadt und besuchte auch mit dem musikliebenden Vater das Theater, dessen Zauber sich, wie natürlich, dem kindlichen Gemüt aufs tiefste einprägte.

In dieser einfachen Umgebung wuchs der sinnige, in seiner Entwicklung nicht selten durch Kränklichkeit gehemmte Knabe heran. Seine Elementarkenntnisse hatte er sich in der Küsterschule erworben und gleich in der ersten Stunde das ABC herzuplappern gelernt, eine Leistung, in deren Ruhm sich nur noch eine kleine dicke Wittenburgerin mit ihm teilte. Später arbeitete er vor dem Katheder des Vaters bis zur Konfirmation weiter mit demselben Pflichteifer und eisernen Fleiße, der auch den Mann bis in seine letzte Lebensperiode nicht verlassen und den eigentlichen Grundstein für seine späteren Erfolge gelegt hat. Es spricht für das Lehrtalent des Vaters, wie für die Begabung des Sohnes, daß der letztere sofort (im Alter von 15 Jahren) Aufnahme in die Secunda des Gymnasiums zu Wismar fand. Denn daß Karl das Gymnasium zu absolvieren und dann das Studium der Theologie zu ergreifen habe, galt dem Vater als ausgemachte Sache. War doch, ganz abgesehen von der alten Familientradition, bei den beschränkten Mitteln, die der Rektor auf die Ausbildung seiner Kinder verwenden konnte, für Karl nur durch die Beihülfe von Stipendien, die sich dem Theologen am leichtesten erschlossen, die Möglichkeit gegeben, die Universität zu beziehen. So entschied sich denn auch der Sohn ohne weitere Bedenken für den Beruf seiner Vorfahren, und der Vater entließ ihn auf das Gymnasium in der sicheren Erwartung, das alte Predigergeschlecht der Kraepeline um einen rüstigen Streiter auf dem Felde der Gottesgelahrtheit zu vermehren.

In der alten Schwedenstadt Wismar mit ihren altertümlichen, an die Blüte des Hansabundes erinnernden Bauten herrschte in den dreißiger Jahren dieses Jahrhunderts auf dem Gymnasium ein reges geistiges Leben. Besonders der edlen Musica wurde die sorgfältigste Pflege zu teil, und bei der Aufführung größerer Tonwerke fehlte niemals eine

Anzahl brauchbarer Kräfte aus der Prima und Secunda, welche entweder als Solisten oder doch im Chor zum Gelingen des Ganzen tüchtig beitrugen. Unter ihnen hatte nun Karl Kraepelin sehr bald die Aufmerksamkeit seiner Lehrer und Mitschüler auf sich gelenkt und wurde in der Folge sowohl für deklamatorische, wie für Gesangvorträge mit Vorliebe verwendet. So betraute man ihn u. a. bei der Einstudierung von Haydn's „Schöpfung" mit einer Solopartie, an die er bei der Schüchternheit und Bescheidenheit seines Wesens mit um so größerer Zaghaftigkeit herantrat, als zu der Aufführung der gefeierte Tenor der Berliner Hofoper Mantius erwartet wurde, der, selbst ein Mecklenburger, durch seine Mitwirkung der Stadt Wismar eine besondere Auszeichnung zu teil werden ließ. Die Proben wurden ohne den berühmten Gast gehalten; er selbst traf erst zu der Aufführung ein, um gleich am anderen Tage die unterbrochene Reise fortzusetzen. Erst Jahre nachher, als bereits ein vertrauliches Verhältnis zwischen Lehrer und Schüler bestand, hat Kraepelin dem berühmten Künstler in launiger Weise den angstgefolterten Zustand geschildert, in welchem er neben ihm an jenem Abend wirkte. Doch bald hatte seine musikalische Natur das Lampenfieber überwunden, und fest und sicher entledigte er sich seiner Aufgabe, so gut es die noch ungeschulte Stimme und die naturalistische Auffassung seiner Partie vermochte. Wenn sich auch der Beifall des Auditoriums, wie leicht begreiflich, vorwiegend auf den gefeierten Gast konzentrierte, so hatte dieser doch seinerseits aufmunternde und freundliche Worte für den Primaner Kraepelin, fragte ihn nach seinen weiteren Lebenszielen und ermahnte ihn, über dem gewählten Beruf die Musik nicht zu vergessen. „Kommen Sie nach Berlin," schloß Mantius, „so besuchen Sie mich; wir wollen dann noch recht viel zusammen singen!" Daß dieser erste Erfolg, diese Bestätigung seiner musikalischen Befähigung von so kompetenter Seite auf Karls weitere Entschließungen einen, wenn nicht entscheidenden, doch gewichtigen Einfluß üben würde, war leicht vorauszusehen.

Zweites Kapitel.

Auf der Universität Berlin. Uebergang vom Studium der Theologie zur Kunst. Lehrzeit im Dienste der Musen.

Ueber musikalischen Studien und den geselligen Vergnügungen, wie sie sich der goldenen Zeit des Schülerlebens ungesucht zu bieten pflegen, hatte Karl Kraepelin die Hauptsache nicht vergessen. Ostern 1838 siedelte er, gut vorbereitet*), nach Berlin über, um sich, nach dem Wunsche des Vaters, dem Studium der Theologie zu widmen. Hatten sich aber bisher schon leise Zweifel in der Brust des Jünglings geregt, ob der gewählte Beruf auch für ihn der rechte sei, so drängte sich ihm nunmehr in der frischen, freien Luft des Universitätslebens mehr und mehr die Ueberzeugung auf, daß er zum

---

*) Nach einer gütigen Mitteilung des Gymnasial-Direktors in Neustrelitz, Herrn Dr. Nölting, der ihn noch selbst unterrichtet hat, war er auf der Schule „begabt und pflichtgetreu, aber wiederholt durch Kränklichkeit — er litt an Epilepsie (?) — gehemmt gewesen."

Geistlichen, am allerwenigsten in seinem Heimats=
lande Mecklenburg, geschaffen sei. Je mehr sich
diese Erkenntnis in ihm Bahn brach, desto fester
wurde auch bei der ihm eigenen unbestechlichen
Wahrheitsliebe der Entschluß, nie und nimmermehr
die innere Ueberzeugung einer äußerlich gesicherten,
vielleicht glänzenden Lebensstellung zum Opfer zu
bringen.

Zwar besuchte er anfangs fleißig die Kollegia,
noch fleißiger aber bald das Theater, welches mit
seinen damals ausgezeichneten Leistungen dem für
die dramatische Kunst hoch begeisterten jungen Mann
eine Quelle der vielseitigsten Anregung bot. In
die Singakademie eingetreten, machte er bei dem
Direktor derselben, Rungenhagen (1778—1851),
dem Nachfolger Zelters († 1832), eifrige Fort=
schritte in der Musik und wurde bald ein Liebling
des Meisters. —

Es vereinigte sich in jener Zeit ein ansehn=
licher Kreis tüchtiger Schüler um den originellen,
bärbeißigen Alten. Der hochbegabte Eckert (1820
bis 1879), der unsern Kraepelin nur durch seinen
habituellen grünen Leibrock und gelbe Handschuhe
ärgerte, komponierte um diese Zeit seine ersten
Opern; auf sein Kompositionstalent setzte Rungen=
hagen große Hoffnungen, die sich zwar nicht gerade
glänzend erfüllt haben. Heinrich Kotzolt (1814

bis 1881) studierte fleißig Opernarien, mußte freilich aus Mangel an Darstellungstalent der Bühne bald Valet sagen, pflückte aber später auf dem Gebiet des Chorgesangs als ein Meister methodischen Unterrichts reiche Lorbeeren und hat als Schöpfer des noch heute blühenden „Kotzolt'schen Vereins" an dem Aufschwung des musikalischen Lebens in Berlin einen wesentlichen Anteil gehabt. Theodor Oesten (1813—1870), der gesammten klavierspielenden Welt bekannt, Julius Weiß (geb. 1814), als Violinspieler gefeiert, später als musikalischer Schriftsteller und Kritiker bekannt und gegenwärtig Inhaber einer Musikalienhandlung in Berlin, u. a. vervollständigten die Reihe von hervorragenden Schülern jener Zeit, denen sich nunmehr Karl Kraepelin würdig anschloß. Rungenhagen, der das musikalische Talent seines neuen Schülers frühzeitig erkannte, gab ihm fleißig neue Partieen in die Hand, ließ ihn schwierige Kompositionen frisch vom Blatt spielen und unterwies ihn persönlich in der Kunst des Gesanges. Immer kräftiger regte die Psyche ihre Schwingen in der Brust des Jünglings. Sein Vortrag wurde freier, und glänzend trat allmählich seine große dramatische Begabung zu Tage, unterstützt durch eine weiche, schöne Baritonstimme, deren Wohlklang und seelenvolle Innigkeit den Mangel an Kraft vergessen ließ.

Wie es nur eines geringen Anstoßes bedarf, um den losen Stein ins Rollen zu bringen, so gaben einige Worte Rungenhagens nach einer zur Zufriedenheit ausgefallenen Gesangleistung unserm Kraepelin den direkten Impuls zur entscheidenden Wendung seines Schicksals.

„Haben viel, viel Talent! Sollten sich ganz der Musik widmen!" brummte der Meister, Karl wohlwollend auf die Schulter klopfend.. Ja, das war es, was der ringenden Seele des Jünglings schon lange unausgesprochen vorgeschwebt hatte! Aber nicht Musiker, nein, Sänger wollte er werden, auf der Bühne, durch die Macht des Tons auf die Hörer wirken! —

Offen erklärte nun der Sohn in einem Schreiben an den Vater, „er könne und wolle unter keinen Umständen Geistlicher werden, dagegen dränge ihn Neigung und, wie er fühle, innerer Beruf der Bühne zu."

Welches Entsetzen dieser Entschluß seines Sohnes bei dem strenggläubigen Vater hervorrief, läßt sich sehr leicht denken, und Karl hatte nunmehr den ganzen Zorn des aus hartem Holz geschnitzten Mannes über sich ergehen zu lassen. Anders fühlte und urteilte die sanfte Mutter, wagte es freilich nicht, dem heftigen Gatten gegenüber die eigene Ansicht zu vertreten. Der alte Christian

Kraepelin, der sich erst viel später mit der Künstler=
laufbahn seines Sohnes ausgesöhnt hat, versagte
ihm zunächst jede Unterstützung, ohne freilich dadurch
weiter etwas zu erreichen, als daß Karl nur um so
energischer auf seinem Entschluß bestand. Allerdings
geriet er bei dem Mangel an Subsistenzmitteln in
arge Bedrängnis; es folgte für ihn ein Jahr der
größten Entbehrungen, aber auch der unermüdlich=
sten Thätigkeit: galt es doch nunmehr so bald wie
möglich sich die Fähigkeit zu erringen, im Dienst
der Muse, der er sein Leben geweiht, selbständig
und mit Erfolg aufzutreten!

Die bisherigen Uebungen und Studien in der
Singakademie waren keine genügende Vorbildung,
um zu einem Engagement an der Bühne zu verhelfen;
dazu bedurfte es einer noch gründlicheren Schulung
der Stimme, der Einstudierung größerer Gesangs=
partieen, der Aneignung eines Repertoires, wie der
Kunstausdruck lautet. Sein Landsmann Mantius
(geb. in Schwerin 1806, † 1874), den er bisher
nicht aufzusuchen gewagt hatte, übernahm, des dem
Primaner in Wismar gegebenen Wortes eingedenk,
mit Vergnügen die weitere Ausbildung des in=
zwischen schön entwickelten Talentes. Unentgeltlich
gab er ihm eine Zeit lang täglich eine Stunde,
übte mit ihm eine Anzahl von Particen ein und
brachte es bei der raschen Auffassung und dem

beharrlichen Fleiß seines Schülers in verhältnis=
mäßig kurzer Frist dahin, daß dieser über ein ge=
nügendes Repertoire verfügte und sich nun nach
einem Engagement umschauen konnte. Auch hier=
für bot Mantius die helfende Hand: am Hof=
theater zu Neustrelitz wurde Kraepelin als „letzter
Chorist, der auch im Schauspiel mitzuwirken hat",
fest engagiert. Erschien die Stellung auch als eine
bescheidene, so bot sie dem kunstbegeisterten Jüng=
ling doch die Aussicht, seine Kräfte zu erproben,
und in der Umgebung bedeutender Künstler, unter
Görners ausgezeichneter Direktion, am Hofe eines
enthusiastischen Verehrers der schönen Künste, rasche
Fortschritte zu machen auf der eingeschlagenen Bahn.
Zudem bot ihm die Anstellung einen zwar kärg=
lichen, doch festen und Kraepelins mäßigen An=
sprüchen völlig genügenden Lebensunterhalt. Seine
geringen Hülfsmittel waren durch das Studium
völlig erschöpft, und er hätte, wenn ihm jenes
Engagement nicht geboten wäre, zu einem Mittel
greifen müssen, dessen Benutzung er sein ganzes
Leben hindurch verschmäht hat: denn bei der reichen
Fülle seiner Talente hat er eines nie besessen,
frisch und fröhlich sich in Schulden zu stürzen.

Und doch wurde er, wenn schon halb gegen
seinen Willen, einmal dazu genötigt, eine Schuld
zu kontrahieren, eine Schuld zwar, an die er sich

sein Leben lang gern erinnert und in deren Tilgung der Gläubiger nie gewilligt hat.

Kraepelin, obwohl mit einem ausgesprochenen Sinn für Ordnung und Sauberkeit ausgestattet, legte auf salonfähiges Erscheinen des äußeren Menschen geringen Wert. So trug er als Student nur den schwarzen, mit Schnüren verzierten Sammetrock, den Hals entblößt, den weißen Hemdkragen zurückgeschlagen. Ein Halstuch oder eine Kravatte hatte ihn bisher nie berührt. Ehe er nach Neustrelitz in seine neue Stellung eintrat, hatte am letzten Tage sein Lehrer Mantius mit ihm rekapitulierend gearbeitet, und hierbei war, wie sonst in zwölfter Stunde, noch mancherlei zu sagen gewesen, als er plötzlich, das Thema verlassend, in einiger Verlegenheit begann:

„Hören Sie mal, lieber Karl, Eines werden Sie für die Zukunft sich doch aneignen müssen, — ein Halstuch wird nicht zu vermeiden sein; der Rock mag noch angehen!"

Ungeheures Staunen auf Kraepelins Seite!

„Ja, wenn Sie meinen, Herr Mantius, — aber es wird sich jetzt nicht gut machen lassen"...

Mantius versetzte, ihm ins Wort fallend: „Ich wollte Sie überhaupt bitten, lieber Kraepelin, eine Kleinigkeit von mir anzunehmen; hier diese 12 Thaler werden Sie für die Reise und erste Einrichtung notwendig gebrauchen müssen", — fügte aber, seinen Schüler kennend, rasch hinzu: „Sie geben mir natürlich später das Geld zurück!"

Aber der wackere Mann hat das Geld nie wieder genommen, auch nicht von dem gefeierten Reuter-Vorleser, der bei jedem Wiedersehen mit Mantius sich gewissenhaft an die einzige Schuld erinnerte, die er je in seinem Leben kontrahiert hat.

Am nächsten Tage fuhr die Post von Berlin nach Neustrelitz mit einem Passagier, der im Sammetrock und mit einer hohen Kravatte angethan, ein Mittelding zwischen einem Philister und einem Studenten vorstellte. Aehnlich zwitterhaft mag es in der Seele des jungen Mannes ausgesehen haben. Hinter ihm lag die goldene Zeit der Freiheit mit ihrem dem Ideal zugewandten Streben, vor ihm die unbekannten Wege der Zukunft, rosig beleuchtet von jugendfrohem Hoffen und der festen Zuversicht, daß sie ihn zum heißersehnten Ziel führen und den Ruhmeskranz erringen lassen würden, der allen Jüngern Thalias winkt und doch so wenigen Auserwählten als köstlicher Lohn zu teil wird.

Drittes Kapitel.

Am Hoftheater in Neustrelitz. Das Jahr 1848. Ende der Bühnenlaufbahn Kraepelins.

Im Februar des Jahres 1839 trat Karl Kraepelin in den Verband der Großherzogl. Mecklenburg-Strelitzer Hofbühne, „für Chor und kleine Partieen", wie der Kontrakt für seine Anstellung lautete.

Das Hoftheater war im Lauf der Regierungszeit des kunstsinnigen Großherzogs Georg (reg. von 1816—1860), des Bruders der Königin Louise von Preußen, besonders unter der vorzüglichen Leitung Görners, wenn man den Versicherungen der Zeitgenossen Glauben schenken darf, zu einer dramatischen Musteranstalt en miniature allmählich emporgeblüht. Nicht nur bemühte man sich unablässig, in jeder Saison hervorragende Kunstgrößen auswärtiger Bühnen zu längerem oder kürzerem Gastspiel heranzuziehen (z. B. Wauer und Hendrichs aus Berlin, Henriette Schröder-

Devrient, den Tenoristen Wild aus Wien, Wurda aus Hamburg, Garboni und Zucchoni aus Berlin u. a.), sondern man war auch ernstlich bestrebt, mit den vorhandenen Kräften echt künstlerische Leistungen zu Wege zu bringen. So kam es, daß zeitweilig die Strelitzer Hofbühne als die Wiege hervorragender Talente angesehen werden konnte, und daß viele namhafte Künstler aus den bescheidenen Theaterräumen der Mecklenburg-Strelitzer Residenz hervorgingen. Unter der Leitung des Regisseurs Gley (des Vaters der berühmten Julie Rettich, die als Hofschauspielerin 1866 in Wien starb) wirkten dort u. a. Stavinsky und Porth, sowie die Sängerin Vio; später unter Thiemes und dann Görners Direktion der Tenorist Wurda, die Sängerin Fink, ferner Winger, ein hervorragendes Talent (noch jetzt in Dresden), und zur Zeit unseres Kraepelin die Peroni-Glaßbrenner, Bertha Unzelmann, Frau von Massow, Grün, L. Gubitz und andere, die zum größten Teil später in Leipzig, Dresden, Berlin, am Hofburgtheater in Wien u. s. w. glänzten und in alter Anhänglichkeit und Dankbarkeit durch häufige Gastspiele die Vorstellungen in der kleinen Residenz wiederholt zu wahrhaft mustergültigen gemacht haben.

Die vom Großherzog besonders begünstigte Oper hatte einen vorzüglichen Dirigenten in dem alten

Kapellmeister Weidner. Gleich bei dem ersten Besuch gewann nun Kraepelin, das neue Mitglied der Bühne, dem die warme Empfehlung von Mantius vorangegangen war, das Herz des alten Herrn, der ihm in treuer Freundschaft bis an seinen Tod eng verbunden blieb. Auch der Intendant, Kammerherr v. Dachroeden (gest. 1882 in Rom), nahm sich des jungen Künstlers mit Wohlwollen und fördernder Teilnahme an. In dem hübsch gelegenen Gartenhause des Intendanten versammelte sich an bestimmten Abenden der (noch jetzt in Neustrelitz lebende) Kammersänger L. Gubitz, Kraepelin und der jeweilige erste Tenor des Hoftheaters; da nun auch der Herr v. Dachroeden eine wohlgeschulte, weiche Tenorstimme besaß, so hatte man ein festes Quartett zusammen und blieb oft bis zum hellen Morgen bei Gesang und ungezwungener Unterhaltung bei einander. An Material fehlte es nie, da der Intendant sich jederzeit die neuen und neuesten Kompositionen aus Berlin und Leipzig kommen ließ. Wenn dann im Winter der Großherzog die Soiréen des (mit einer Tochter des Prinzen August von Preußen vermählten) Herrn v. Dachroeden mit seiner Gegenwart beehrte, so erfreuten ihn nach seiner eigenen Aussage die Quartett-Vorträge der genannten Sänger ganz besonders.

Bei der Bühnenwirksamkeit Kraepelins stellte sich bald heraus, daß seine Stimme zu wenig Kraft besaß, um einen größeren Raum auszufüllen. Mußte er infolgedessen auf größere dramatische Partieen Verzicht leisten,*) so trat er allmählich um so mehr als Lieder- und Oratoriensänger in den Vordergrund. Zu fast jedem Hofkonzert wurde er befohlen, und der Großherzog schätzte seine seelenvolle Vortragsweise so hoch, daß, als sich einst Kraepelin nach einer Indisposition dem Fürsten wieder vorstellte, dieser seiner Freude lebhaften Ausdruck gab und mit den Worten schloß: „Ich misse Sie ungern, lieber Kraepelin; Sie haben mir oft die Thräne ins Auge gesungen!" —

Da nun, wie gesagt, für seine Wirksamkeit als Bühnensänger die geringe Stärke seiner Stimme ein wesentliches Hindernis bildete, so wendete er sein ganzes Wollen und Können dem Schauspiel zu, wennschon er auch in der Oper für kleinere Partieen nicht selten verwandt wurde.**)

---

*) Seine erste größere Rolle war, wie Fr. Latendorf in seinem Büchlein „Zur Erinnerung an Fritz Reuter", pag. 47, angiebt, der Patriarch in Rossini's Belagerung von Korinth gewesen.

**) Als „überall brauchbar und hingestellt, der Anerkennung und Achtung seiner Kollegen und des Publikums sich erfreuend," charakterisiert ihn L. Gubitz in einem Privatbrief an den Verf.

Die Gesamtleitung der Bühne lag damals in den Händen des (noch jetzt in Hamburg rüstig wirkenden) Hoftheaterdirektors C. A. Görner, der vielleicht von allen zuerst das große Darstellungstalent erkannt und durch seine ausgezeichnete Unterweisung gefördert hatte, welches Kraepelin jetzt mehr und mehr zu bethätigen Gelegenheit fand. Die herrschende Sitte, einigermaßen befähigte Kräfte gleichmäßig im Schauspiel und in der Oper zu verwenden, bot sicherlich nur Vorteile für die beiden Schwesterkünste. Mit Vergnügen erinnerte sich Kraepelin noch in seinen letzten Lebensjahren gelegentlicher Aufführungen der „Stumme von Portici", bei welchen in der Marktscene Frau Peroni-Glaßbrenner und Winger, der spätere Heldenspieler des Dresdener Hoftheaters, im Chor mitwirkten und durch ihr feines, gewandtes Spiel Erfolge erzielten, wie wir sie erst in den letzten Jahren wieder in den großen Volksscenen der Meininger und neuerdings im „Deutschen Theater" in Berlin zu bewundern gelernt haben.

Mit eisernem Fleiß und treuer Hingabe spielte sich Kraepelin in alle Fächer ein, und so wurde im Verlauf weniger Jahre aus dem „letzten Choristen" nicht bloß ein Sänger, der für kleine Solopartieen, wie den Rocco in „Fidelio", mit dem besten Erfolg verwandt werden konnte, sondern auch ein Schauspieler, der Charakterrollen ernsten und humoristischen Gepräges gleich vortrefflich wiederzugeben verstand. Er bewährte sich, dank dem sorgfältigsten Studium, so tüchtig, daß ihm später auch jüngere Schauspieler zum Unterricht überwiesen wurden. So verdankt ihm u. a. der in Amerika und England als Shakespeare-Darsteller bekannte Schauspieler Bandmann seine Ausbildung.

Ein Decennium verging in anstrengender, aber den Künstler hochbeglückender Thätigkeit.

Die ersten Jahre waren mit mühseligster Arbeit ausgefüllt gewesen, denn das bescheidene Anfangsgehalt wollte selbst für die geringen Ansprüche Kraepelins nicht ausreichen, namentlich seit seiner im Jahre 1842 mit der Tochter des weiland Hofmusicus Gottlob Lehmann geschlossenen Ehe. Er mußte auf Nebenverdienste bedacht sein und schrieb Rollen aus, die wenigen Groschen nicht verschmähend, die er sich gewöhnlich in den Nachtstunden mit dem Kopieren erwarb. Es müssen sich noch heute in der Theaterbibliothek in Neustrelitz manche Stücke befinden, die von Kraepelins Hand geschrieben sind.

Zwar hätte sich ihm wohl Gelegenheit geboten, seine Lage zu verbessern. Mehrfach suchten bedeutende Schauspieler, die in Neustrelitz gastierten, wie Hendrichs, Bertha Unzelmann u. a., unsern Künstler zu bewegen, durch Gastspiele an größeren Bühnen sich bekannt zu machen und anderweitig ein Engagement abzuschließen. Aber einerseits hielt ihn die Schüchternheit und vielleicht allzu große Bescheidenheit seiner Natur zurück, solchen Lockrufen zu folgen, andererseits ließen ihn auch wiederholte Gunstbeweise seines von ihm hochverehrten Fürsten niemals die Initiative zu einer Veränderung seiner Stellung ergreifen. Er fühlte sich ungeachtet mancher Entbehrungen mit seinem Los zufrieden, und seine ganze Seele ging auf in dem von ihm über alles heißgeliebten Berufe. Wenn er auch seit dem Jahre 1848 der Bühne für immer Valet gesagt hat, so hafteten seine Erinnerungen doch bis an sein Lebensende am liebsten an dieser Zeit seiner schauspielerischen Thätigkeit. War es doch auch sein Lieblingswunsch gewesen, auf der Bühne inmitten voller Wirksamkeit vom Tode hinweggerafft zu werden!

Die Ferienzeit im Sommer 1847 hätte leicht dem Lebensgang unseres Künstlers eine bedeutsame Wendung geben können. Kraepelin war auf einige Tage nach Berlin gereist, um das Theater zu besuchen und mit alten Freunden zusammenzutreffen. Hier fand er unerwartet die vorhin erwähnte Bertha Unzelmann, eine frühere Kollegin, welche inzwischen nach Leipzig gegangen war und gerade jetzt im Königl. Schauspielhause in Berlin ein glänzendes Engagement erhalten hatte. Diese suchte ihn zu

bestimmen, doch endlich Neustrelitz mit einer größeren
Bühne zu vertauschen. Mit der liebenswürdigsten
Bereitwilligkeit erbot sie sich, sofort nach Leipzig
zu schreiben, um dort Kraepelin während der Ferien
ein Gastspiel auszuwirken. Durch den Eifer und
die Beredsamkeit der Künstlerin angeregt, versprach
dieser, den in Hamburg einem Freunde zugesagten
Besuch abzukürzen, nach Berlin zurückzukehren und
dann, mit den nötigen Empfehlungsschreiben aus=
gerüstet, sich in Leipzig vorzustellen, eventuell bei
erfolgreichem Gastspiel ein festes Engagement dort
anzunehmen, da sein Kontrakt in Neustrelitz mit
dem nächsten Winter doch abgelaufen sei. Mit einem
hoffnungsvollen: „Auf Wiedersehen!" trennte sich
Kraepelin von Bertha Unzelmann und reiste gen
Hamburg. Doch hier traf ihn ein Schreiben des
Intendanten von Dachroeden, der ihm mitteilte,
Henriette Sontag (Gräfin Rossi, 1806—1854) sei
vor einer Woche in Neustrelitz zum Besuch bei Hofe
eingetroffen und wolle, dem lebhaften Wunsch des
Großherzogs entsprechend, einige Partieen aus ihren
Glanzopern singen; dazu sei seine (Kraepelins) Mit=
wirkung erforderlich: er ersuche ihn daher, sofort
nach Neustrelitz zurückzukehren und während der
Ferien dort zu bleiben.

Kraepelin hätte nicht der dankbare Mensch und
begeisterte Künstler sein müssen, wollte er auch nur

einen Augenblick zögern. Die nächste Post brachte ihn nach Neustrelitz zurück.

Vergessen waren nunmehr alle Pläne bezüglich eines Engagements in Leipzig; Woche auf Woche verging auf das anregendste, — man konnte ja auch im nächsten Jahre die Pläne zur Ausführung bringen! War doch für den im kräftigsten Mannes= alter stehenden Künstler die Welt noch weit offen und ein etwa verlorenes halbes Jahr leicht wieder einzubringen!

Aber schon das nächste Jahr brachte Umwäl= zungen, die ganz außer dem Bereich menschlicher Berechnung gelegen hatten. Auch Strelitz wurde von den aller Orten auflobernden revolutionären Gelüsten angesteckt; eins der ersten Opfer der Be= wegung wurde das Hoftheater, dessen Existenz den Bewohnern der Residenz als ein überflüssiger und verwerflicher Luxus erschien. Auf eine Petition Strelitzer Bürger entschloß sich der Großherzog, im April 1848 den Kunsttempel zu schließen. Daß die Aufhebung desselben der Stadt selbst den größten Schaden, auch in materieller Hinsicht, brächte, er= kannten die Bewohner erst, als es zu spät war; eine zweite Petition um Wiedereröffnung des Hof= theaters blieb, wie zu erwarten war, ohne Erfolg.

Damit hatte nun auch die bisherige Wirksamkeit Kraepelins einen unerwartet jähen Abschluß gefunden.

Zwar würde es ihm gerade nicht schwer geworden sein, anderswo ein Engagement abzuschließen, allein bei der momentanen Unsicherheit der Bühnenverhältnisse aller Orten, angesichts der vulkanischen Erschütterungen, die alles Bestehende umstürzen zu wollen schienen, hielt er, vielleicht allzu bedenklich, es für ratsamer, dem Theater ganz Valet zu sagen und auf eine andere, mühseligere zwar, aber gesichertere Art seinen Lebensunterhalt sich zu verschaffen. Möglich, daß auch die Anhänglichkeit an die heimatliche Scholle ihn in Mecklenburg festhielt, und jedenfalls der Gedanke, daß er dort für das Fortkommen seiner Familie am besten sorgen könne.

So kam es, daß Kraepelin in Neustrelitz blieb und einen Beruf wählte, der bei der anscheinend allgemeinen Zerfahrenheit der Dinge ihm noch am ehesten gesichert erschien: er wurde Musiklehrer.

Viertes Kapitel.

Neue Bahnen. Erste Begegnung mit Fritz Reuter:
der Wendepunkt in Kraepelins Leben.

Für die folgenden Jahre seines Lebens darf man das Wort als Signatur verwenden, mit dem Kraepelin selbst in späterer Zeit diese Epoche bezeichnete: „Es war schrecklich!" Um bei dem geringen Honorar von 6 bis 8 „gute Groschen", das derzeit für eine Musikstunde als sehr anständige Bezahlung erachtet wurde, ein einigermaßen genügendes Einkommen zu erzielen, mußte der geplagte Mann schon früh morgens um 7 Uhr den Unterricht am Klavier beginnen und schloß nicht selten seine anstrengende und ihn innerlich doch so wenig befriedigende Lehrthätigkeit erst abends um 8 Uhr. Aus seiner künstlerischen Wirksamkeit, in welcher er bisher sein Lebensglück gefunden, jäh herausgerissen, um der Existenz willen zu mühseliger Lohnarbeit gezwungen, ohne Hoffnung auf Besserung der Verhältnisse, — es war in der That ein hartes Los, das ihn betroffen hatte! Da ertönte im Anfang der fünfziger Jahre von neuem ein Lockruf aus der Ferne; durch Görners Vermittlung wurde ihm ein Engagement in Breslau angeboten und, so schwer ihm auch der Gedanke an eine Trennung von der Heimat aufs Herz fiel, beschloß er doch, dem Rufe Folge zu leisten, um sich aus dem schwerlastenden Druck seiner jetzigen Thätigkeit zu befreien.*) Er teilte seine Absicht dem Hofmarschall mit, und dieser erzählte es gesprächsweise dem Großherzog. Am folgenden Tage ließ ihn der greise Fürst zu sich kommen und empfing ihn mit den Worten: „Also auch Sie wollen mich nun verlassen, lieber Kraepelin? Die Nachricht hat mich schmerzlich berührt, und ich dachte nicht, daß Sie mir das anthun würden!" Vor der wohlwollenden Gesinnung, den gütigen Worten seines von ihm über alles verehrten Landesfürsten hielt die Festigkeit seines Entschlusses nicht stand; gerührt und mit Thränen in den Augen motivierte er seine Absicht mit dem Hinweis auf den Zwang seiner Lage und die pekuniäre Bedrängnis. Der Großherzog erklärte, auch in dieser Beziehung für ihn eintreten zu wollen, und die Folge der Unterredung war, daß Kraepelin die Breslauer Vorschläge zurückwies und in Neustrelitz blieb. Er

---

*) Das Folgende beruht auf einer gütigen Mitteilung eines intimen Freundes von Kraepelin, des Herrn Consul Chr. Kruse in Kiel.

erhielt vom 7. Juli 1851 an ein kleines Jahr=
gehalt von 120 Thalern und übernahm dafür die
Verpflichtung, als Sänger in den Hofkonzerten
mitzuwirken. Dieser Verpflichtung ist er in den
folgenden 10 Jahren aufs bereitwilligste allezeit
nachgekommen und bei fast allen größeren Gesang=
aufführungen am Hofe beteiligt gewesen. Anderer=
seits bewahrte ihm der alte Großherzog bis an
seinen im Jahre 1860 erfolgten Tod die wohl=
wollendste Gesinnung und überwies ihm wiederholt
junge Talente, die er auf seine Kosten ausbilden ließ.*)

Durch das ihm gewährte Jahrgehalt (das erst
1877, als Kraepelin seinen Wohnsitz von Neustrelitz
nach Berlin verlegte, ihm gestrichen wurde) war er
nunmehr in den Stand gesetzt, wieder freier auf=
zuatmen und seine Schwingen frischer zu regen.
Auf das Zureden einiger Freunde entschloß er sich,
während des Winters an sechs Abenden Dramen von
Shakespeare öffentlich vorzulesen.**) Die Idee und

---

*) In dem gleich zu erwähnenden „Sonnabends=
verein" in Neustrelitz hielt Kraepelin dem verblichenen
Fürsten die Gedächtnisrede, die später im Druck erschien.
Die verwitwete Großherzogin übersandte ihm als Dank
ein Medaillon mit der Versicherung, „was auch von den
verschiedensten Seiten über ihren Gemahl gesagt sei, nichts
sei ihr so aus der Seele gesprochen worden, wie seine
[Kraepelins] Worte."

**) Die Lektüre und das Studium dieses Dichters ist
ihm auch in den späteren Lebensjahren ein wahres Herzens=

ihre Ausführung fand vollen Beifall, so daß Kraepelin im folgenden Jahre nicht bloß die Zahl der Shakespeare-Abende in der Residenz verdoppeln mußte, sondern auch in die Nachbarstädte Altstrelitz und Penzlin zu gleichem Zwecke wiederholt eingeladen wurde. Auch in der Leitung eines Gesangvereins, sowie durch die Mitwirkung bei Wohlthätigkeitskonzerten und dgl. fand die ideale Seite seiner Natur Anregung und Befriedigung; vor allem aber setzte er sich in der Förderung und Leitung des sog. Sonnabendsvereins in Neustrelitz ein schönes Denkmal.

bedürfnis geblieben. In jedem Sommer vertiefte er sich mit regstem Eifer in seinen Shakespeare; war ihm sein geliebter Fritz Reuter das tägliche Brot, so bildeten die gewaltigen Schöpfungen des großen Briten die Festtafel, an die er sich zu setzen pflegte, um sich besonders genußreiche, weihevolle Stunden zu schaffen. Gewiß ist, daß in Kraepelin einer der besten Shakespearekenner dahingegangen ist. Autoritäten, wie Dan. Sanders, Kreyßig u. a. haben ihm wiederholt ausgesprochen, wie sehr seine Auffassung und Wiedergabe der Riesengestalten der Shakespeareschen Muse sie entzückte. Noch in seinen letzten Lebensjahren beschäftigte ihn lebhaft der Gedanke, auch als Shakespeare-Vorleser in den Städten sich hören zu lassen, in denen sein Ruf als Recitator der Reuterschen Dichtungen längst begründet war. Nur die Scheu vor Mißdeutungen und besonders das Bedenken wegen der größeren physischen Anstrengung ließen den Plan unausgeführt. In vertrautem Freundeskreise, wie z. B. bei einer ihm nahestehenden Familie in Hannover, verstand er sich gelegentlich zum Vortrag eines Shakespeareschen Dramas und riß dann die Zuhörer zu ungeteiltem Beifall fort.

Dieser Verein war im Juli 1849 ins Leben gerufen und verfolgte den Zweck, „durch Weckung und Anregung des Sinnes für das Gute, Wahre und Schöne zur Entwicklung und Hebung des geistigen und geselligen Lebens beizutragen." Er bestand aus jüngeren Künstlern, strebsamen Elementen aus dem Bürgerstand, Beamten und Militärpersonen, die sich zwanglos zu geselligem Zusammensein am Sonnabend im „Schützenhause" vereinigten und, sei es in musikalischen, sei es in deklamatorischen oder auch populär-wissenschaftlichen Vorträgen Anregung suchten und fanden. Kraepelin war von Anfang an ein äußerst regsames und förderndes Mitglied; bald zum Präsidenten erwählt, erfreute er an den „Festabenden", zu denen auch Nichtmitglieder geladen wurden, durch Vorlesungen aus Shakespeare u. a. Dichtern, gelegentlich auch wohl durch den Vortrag eines Gesangstückes das zahlreich versammelte Auditorium. Aber nichts pflegte die Anwesenden mehr zu elektrisieren, als wenn er seit der Mitte der fünfziger Jahre aus einer Sammlung lustiger Schnurren vorlas, die ein Landsmann, namens Fritz Reuter, im Jahre 1853 unter dem Namen „Läuschen un Rimels" veröffentlicht hatte.

Diese Vorträge hatte der Obermedizinalrat Peters, der sich auf das lebhafteste für den Verein interessierte, öfters gehört, gelegentlich auch dem

Dichter, der seit dem 2. April 1856 von Treptow nach Neubrandenburg übergesiedelt war, von dem gediegenen Recitator seiner „Läuschen" erzählt und in ihm den Wunsch rege gemacht, selbst einmal einer derartigen Vorlesung in Neustrelitz beizuwohnen. So kam es, daß seitens des Sonnabendsvereins an Fritz Reuter die Einladung zu einem Festabend (zum 6. Februar 1860) feierlichst erging.

Kraepelin hatte als Vorsitzender den Auftrag erhalten, den gefeierten Gast zu empfangen und in den Verein einzuführen. Diese Empfangsscene, sein erstes Zusammentreffen mit dem Dichter, hat er dem Verfasser einst persönlich geschildert; um sie möglichst getreu wiederzugeben, will er daher Kraepelin im Folgenden selbstredend einführen.

„Ich stand", erzählte er, „an dem betreffenden Sonnabend Nachmittag auf dem Posthofe und spähte nach dem Wagen aus, der mir den werten Gast zugleich mit einem gemeinsamen Freunde, dem jetzigen Hofmaler und Professor Schlöpke, zuführen sollte. Als das Gefährt herangerumpelt war, stieg Schlöpke aus und begrüßte mich.

„Hest Du Reutern nich mitbröcht?" fragte ich.

Schlöpke: „Ja wol, be is up be annere Sid 'rutflattert".

So war's; vor mir erschien plötzlich ein großer, robuster Mann mit eingedrücktem Schlapphut, schlicht und nachlässig gekleidet, mit einem Knotenstock in der Hand: eine derbe, vierschrötige Figur, in der man eher einen behäbigen Gutspächter, als einen Dichter von Gottes Gnaden vermutet hätte. Das volle, runde Gesicht, besonders die kräftige, platt= gedrückte Nase gerötet, ein dichter, struppiger Vollbart, ein breiter, gutmütig und schalkhaft lächelnder Mund und gar prächtige, treue Augen, die unter der Brille hervorleuchteten und auf den ersten Blick den Entgegentretenden gewannen: so ungefähr war der Eindruck, den ich von der Person des Dichters empfing, der seinerseits ebenso ver= wundert, wie ich es war, meine „lütte", gedrungene Gestalt ansah. Schlöpke besorgte die Vorstellung:

„Kiek, Korl, dat is Fritz Reuter! Kiek, Fritz, dat is Korl Kraepelin!"

Reuter: „Dat is 'e? Herrje, den heww'k mi ganz anners dacht!"

Ich: „Ja, Herr Reuter, ick mi Sei ok! Aewer nu kamen S' man mit!"

Somit führte ich beide zunächst ins Britisch Hôtel, wo sie übernachten wollten, und dann in meine Wohnung, um hier ein bescheidenes Vesper= brot einzunehmen, ehe wir zum Festabend ins Schützenhaus gingen." —

Der Verein war, wie zu erwarten stand, an diesem Abend besonders zahlreich vertreten; ein

Tusch des Orchesters und lautes Willkommen seitens der Anwesenden empfing den Dichter, welcher in seiner bescheidenen Weise sich schleunigst in eine Ecke retirierte und bei mehreren alten Freunden Platz nahm, um sich der Aufmerksamkeit möglichst zu entziehen. Durch Schlöpke war es bekannt geworden, daß er ein neues Werk im Manuskript bei sich habe; selbstverständlich drang man nun in ihn, er möge daraus vortragen. Trotz seines Sträubens mußte er endlich dem allseitigen Zureden und Bitten nachgeben, stellte aber die Bedingung, daß zuerst Kraepelin, dessen Vorlesertalent ihm besonders gerühmt sei, aus seinen Gedichten etwas vortragen solle. Kraepelin las nun das Läuschen: „Du dröggst de Pann' weg" mit gewohnter Meisterschaft. Als er zu Ende war, umarmte ihn Reuter mit den Worten: „Dunnerwetter, Bengel, Du kannst äwerst lesen! Nu les' ick äwer nich!" Natürlich half ihm dies nichts; er mußte vor und trug nun aus seinem damals etwa zur Hälfte vorgeschrittenen „Hanne Nüte" drei Abschnitte vor: den Abschied vom Küster, vom Pastor und von den Eltern. Die Wirkung war ungeachtet der herrlichen Poesie keine sonderliche, da, wie bekannt, Fritz Reuter das Talent des Vorlesens nur in geringem Grade eigen war.

Trotzdem blieb natürlich der Dichter der allseitig gefeierte Mittelpunkt des Abends; über Tisch beantwortete er einen auf ihn ausgebrachten Toast mit folgenden aus dem Stegreif vorgetragenen Versen:*)

„Ihr lieben Brüder, hier im Verein
Von mir soll ein Hoch gebracht euch sein!
So lange noch Herzinnigkeit,
So lange noch Kunstsinnigkeit
In warmen, deutschen Herzen glüht
Und Witz und Scherz noch Funken sprüht,
So lang' die deutsche Wissenschaft
Im deutschen Volk noch Wissen schafft,
So lang' im lieben Vaterland
Mehr gilt als Schwur der Druck der Hand,
So lang' ein Kuß noch Treue schwört,
Im Volk man Gottes Stimme hört,
So lange soll auch dieser Verein
Eine Freistatt fröhlichen Sinnes sein!
Und wenn auch die Mucker,
Die Balkenlucker,
Die Splitterrichter,
Die Wassertrinker,
Das ganze Gelichter,
Die Zunft der Stinker,
Das Heer der Stümper,
Der Geizverkomm'nen,
Blasiert-verschwömm'nen,
Kurz, alle Philister
Dagegen wären:
Der Bund soll fürder besteh'n in Ehren!
Denn lebendig ist er;
Und was da lebet,
Geht nicht zu Grunde.
D'rum, lieben Freunde, die Becher hebet,

---

*) Zuerst veröffentlicht in der Nationalzeitung, 1874, Nr. 349; gedruckt und unter Glas und Rahmen im Lokal des Vereins noch heute aufbewahrt (vgl. Fr. Latendorf in der oben citierten Schrift, pag. 50).

Stoßt an! und führt sie zum fröhlichen Munde
Und trinkt nach biederer Väter Art:
Hoch lebe die Stunde,
In der der Bund einst geschlossen ward!"

Erst die mitternächtige Stunde trennte die lustigen Zechgenossen vom goldenen Rheinwein. Am andern Morgen war Reuter mit Kraepelin beim Obermedizinalrat Peters zum Frühstück geladen, und hier las Fritz die Einleitung und den Frühlingsabend aus seinem neuen Opus vor.*) —

Auf den vergnügten Abend in Neustrelitz bezieht sich ein Brief, den der Dichter zehn Tage nach der ersten Begegnung an Kraepelin richtete, und der folgendermaßen lautet:

"Lieber Bruder,

Du magst wohl schon gedacht haben: der Kerl muß sehr faul sein, und wenn Du's gedacht hast, so hast Du Recht; ich bin's. Doch heute brauche ich mein Schweigen nicht damit zu entschuldigen: ich bin recht häßlich unwohl gewesen, sonst hättest Du schon von mir gehört. — Dein

---

*) Die Mitteilung, welche Otto Glagau in seinem trefflichen Buch "Fritz Reuter und seine Dichtungen" pag. 163 über diese Zusammenkunft macht, ist unrichtig, obschon sie auf einem Privatbriefe beruhen soll. Nicht Kraepelin, sondern der Dichter selbst, wie oben erwähnt, hat hier aus "Hanne Nüte" vorgetragen, und die Thatsache, daß Reuter, durch seine eigene Dichtung im Munde Kraepelins mächtig ergriffen, den Vorleser unterbrochen, ihn bei der Brust gefaßt und in höchster Erregung gerufen habe: "Korl, dat heww' ick gor nich schrewen!" gehört nicht in diese Zeit, sondern trug sich später bei einer Zusammenkunft der beiden im Hause des Pastor Christlieb zu Alt-Rehse (am Ostufer des Tollense-Sees) zu.

lieber Brief hat Schlöpke und mir eine wahre Herzens-
freude gemacht, weil in demselben Dein Herz lag; wir
denken mit derselben unveränderten Freundschaft, und ich
für mein Theil sende Dir nebenbei das gewünschte Ge-
dicht, welches Du in Gottes Namen behalten magst; sollte
es Dir aber nicht unangenehm sein, so habe ich die Bitte
dabei: gieb es nicht aus den Händen, — solche politische
Gedichte nützen sehr wenig, erbittern aber sehr. Dann
sende ich für Dich die Reise nach Belligen und für Deine
Herren Gören die andern drei Bücher, und nun empfängst
Du endlich und letztlich noch eine schlechte Photographie
von mir, bis eine bessere vorhanden sein wird. — Schlöpke
ist noch bei mir und läßt recht freundlich grüßen. Ich
grüße die Deinen allzumal, vor allem Deine liebe Frau,
und füge meine Entschuldigung der Deinen freundlichst bei.
Vergiß mir meinen alten Geutzen nicht, auch nicht den
wackern Medicinal-Rath, sowie die sämmtlichen fröhlichen
Mitglieder Eures wackern Vereins. — Du, mein lieber
Korl, hast Dir da ein herrliches Denkmal gesetzt, ein
lebendiges, und wir sind stolz darauf, daß wir Antheil
daran nehmen und in Deiner Schöpfung fröhlich sein
durften. Nun lasse Dich aber einmal bei mir sehen und
das bald, und wenn ich auch nicht mit einem Frohsinn
in corpore aufwarten kann, so weiß ich doch, Du nimmst
vorlieb mit einem Frohsinn in persona.

Lebe wohl und behalte lieb Deinen

Fritz Reuter.

Neubrandenburg, den 16. Februar 1860."

Nach dem Erscheinen des „Hanne Nüte" (1860)
wurde Kraepelin vom ersterwähnten Obermedizinalrat
Peters, in dessen Hause er Musikunterricht erteilte,
direkt aufgefordert, das neue Werk des Dichters
öffentlich vorzulesen, was denn auch an zwei Abenden
unter dem lebhaftesten Beifall geschah. Der Erfolg
war ein so durchschlagender, daß Kraepelin sich ge-
drungen fühlte, auch die unmittelbar nachher ver-

öffentlichte „Franzosentid" vollständig vorzutragen. Der Erfolg war ein großer, und allmählich reifte jetzt in unserm Künstler die Idee, auch an anderen Orten als Rhapsode der Reuterschen Schriften aufzutreten. Der Dichter selbst äußerte sich lebhaft zustimmend, erklärte sich auch mit gelegentlich vorzunehmenden „Streichungen" einverstanden, wie der folgende Brief aus Neubrandenburg vom 28. Februar 1861 beweist:

„Korl, geliebter!

Wenn die Million voll ist, die Du mit dem Vorlesen des „Hanne Nüte" verdienen wirst, kannst Du es mir gelegentlich sagen lassen; ich werde mich dann melden und bin überzeugt, Du giebst mir dann „en Bitschen" ab. So lange wollen wir uns beide an der ideellen Freude über den guten Erfolg genügen lassen. — Im Übrigen bin ich Dir freundschaftlichst gewogen; lies also und streiche, streiche und lies, lies Deine Streiche, meine Streiche, ich bin mit allem durchaus zufrieden. Es würde mir sogar sehr angenehm sein, wenn Du tüchtig darin herumstrichest, ich würde dann eine wirklich ersprießliche Kritik haben, die ein großes Publikum mittelbar durch Dich übte. Das gestrichene Exemplar leihst Du mir dann wohl mal. Also tüchtig darauf los, Du weißt ja, ich bin kein empfindlicher Hans Narr.

Meinen besten Gruß für Dich und die Deinen von

Fritz Reuter."

An dieser Stelle mögen gleich zwei andere, bisher noch nicht veröffentlichte Briefe Fritz Reuters eingeschaltet werden, die von dem freundschaftlichen Verhältnis des Dichters zu Kraepelin Zeugnis ablegen. Der erste ist aus Neubrandenburg datiert vom 10. Februar 1863 und lautet:

„Lieber Korl!

Nicht Faulheit, nicht Nachlässigkeit läßt mich Deinen freundlichen Neujahrsgruß erst jetzt beantworten, sondern der Mangel der gewünschten Photographie; nun bin ich deren habhaft geworden und sie erfolgt anbei. Deine frommen Wünsche für's neue Jahr erwiedre ich in Schniepel und Glaceehandschuhen. Daß Dir meine „Stromtid" [der erste Band] gefallen, freut mich recht sehr, indem daß Du for dieses Fach tanti wärest, und ich Dich sehr dankbar for Deine wohllöbliche Meinung wäre; aberſten was die schleunige Fortsetzung anbeträfe, so hadt sie noch, und mit einem gewöhnlichen Bande käme ich swerlichemang aus, er müßte viel größer werden. — Ja, das Ding wird etwas langstielig, es geht aber nicht anders, wenn ich es nicht über's Knie brechen und den Humor bei Seite schieben soll.

Lebe wohl, alter Sohn, und grüße die Deinigen von Deinem   Fritz Reuter."

Und unmittelbar vor seiner Übersiedelung nach Eisenach schreibt er an ihn:

„Lieber Korl!

Habe Dank für Deinen freundlichen Brief und Deine Anerkennung; aber leider kann ich die darin enthaltene Einladung nicht annehmen, wie sehr leid es mir auch thut. — Ich bin nur noch circa 6 Wochen hier, muß nothwendig vor meiner Abreise noch Reisen zu Verwandten machen, die mir diese kurze Zeit noch verkürzen, und muß durchaus noch vorher meinen zweiten Teil der Stromtid fertig schreiben. Du siehst, wie knapp mir die Zeit wird. Dazu habe ich eine schrecklich zunehmende Correspondenz zu besorgen, die sich durch die Schreibereien, welche mit meinem Umzuge verbunden sind, noch steigern. Doch sehen wir uns noch vorher, da mein Weg mich über Strelitz führen wird. Also bis auf dahin! Behalte mich in Deinem alten ehrlichen Herzen!   Dein   Fritz Reuter.

Neubrandenburg, den 23. April 1863."

(Ein anderes originelles Briefchen, welches eine Büchersendung an Kraepelin begleitete, s. in Faksimile im Anhang).

Fünftes Kapitel.

Auf der Wanderschaft als Reuter-Apostel. Meisterjahre.
Ausgang.

Nach dem ersten Zusammentreffen mit Fritz Reuter vergingen noch drei volle Jahre, ehe sich Kraepelin ernstlich anschickte, seinen Gedanken, auch außerhalb seines Wohnorts für die Verbreitung der Dichtungen seines Landsmannes und Freundes durch Recitation zu wirken, zur Ausführung zu bringen; den direkten Impuls dazu gab ihm ein ehemaliger Kollege, der (nun längst verstorbene) Schauspieler Galster, der sich im Sommer 1863 eine Zeitlang bei Kraepelin zum Besuch aufhielt. Auf dessen eindringliches Zureden entschloß sich unser Künstler, die acht Tage der Michaelisferien zu dem Wagnis zu verwenden und in Hamburg, wo er ein besonders lebhaftes Interesse für Reuters Dichtungen voraussetzen zu dürfen glaubte, eine Vorlesung aus dessen Werken anzukündigen. Fritz Reuter war über diesen Entschluß hoch erfreut und sandte ihm Empfehlungsbriefe an Friedrich Dörr, Professor Ullrich, Robert Heller, Adolf Strodtmann u. a. Hiermit ausgerüstet, rückte Kräpelin, nicht gerade überreich an Hoffnungen, aber doch zu seinem Vornehmen fest entschlossen, an dem erwähnten Termin in Hamburg ein. Die ersten Eindrücke waren nicht geeignet, sehr zur Ermutigung unseres Künstlers beizutragen. Als er in dem eleganten „Hôtel de Russie" abgestiegen war, blickte der damalige Wirt auf den bescheiden und einfach gekleideten Gast, der sich als Musiklehrer aus Neustrelitz ankündigte, etwas sehr von oben herab, geruhte aber doch, im dritten Stock ihm ein Zimmerchen anweisen zu lassen. Auch die ersten Besuche in Hamburg hoben seine Zuversicht keineswegs; zunächst äußerte sich Befremden und Verwunderung über die kühne Idee, aus dem plattdeutschen Dichter Fritz Reuter öffentlich vortragen zu wollen. Ja, wenn er noch Shakespeare oder Goethe gewählt hätte! Dazu gab es doch Analogieen, wie Palleske u. a. Aber Reuter? Wunderlich! Nur Dörr und namentlich Ullrich redeten entschieden ermutigend zu.

Der erste Abend im kleinen Saal des Conventgartens war, einige zwanzig Freibillets eingerechnet, von etwa vierzig Personen besucht. Das kleine Häuflein Zuhörer mochte mit geringen Erwartungen gekommen sein; indessen je weiter die Vorlesung vorschritt, desto deutlicher prägte sich die gespannteste Aufmerksamkeit und das lebhafteste Interesse auf aller Mienen aus, und am Schluß des Vortrags lohnte ein enthusiastischer Beifall den hocherfreuten Künstler. Schon der zweite Abend versammelte über hundert Personen und der Zuspruch vergrößerte sich täglich, so daß Kraepelin seine Ferien auf drei Wochen ausdehnte und schließlich ein Auditorium von ca. vierhundert Personen vor sich sah. Aus dem anfangs beabsichtigten Cyclus von drei Abenden waren deren zwölf geworden.

Nachdem dergestalt die neue Laufbahn glücklich inauguriert war, begab sich Kraepelin in den nächsten Ferien (Weihnachten 1863/64) nach Rostock, um dort auf gut Glück seine Vorlesungen fortzuführen. Besuch und Beifall waren nach Wunsch; man hatte aus Hamburger Zeitungsreferaten, die des Lobes voll waren, von der vortrefflichen Vortragsweise Kraepelins gehört und strömte fleißig in die angekündigten Vorlesungen. Allein, wie ein Blitz aus heiterem Himmel, bereitete ein energisches Polizeiverbot dem Genuß, den die Vorträge den Rostockern boten, ein unerwartet rasches Ende. Nach Abschluß des ersten Cyclus von vier Abenden verweigerte der damalige Polizeidirektor Rostocks, Senator Blank, die Erlaubnis zur Eröffnung eines zweiten, „weil Kraepelin dem Theater zu viel Abbruch thäte. Der

Theaterdirektor habe sich deshalb beschwert, und er [Blank] müsse den Mann, der Rostocker Bürger sei, in seinem Privilegium schützen!" Gegenvorstellungen fruchteten nichts; Kraepelin mußte sein Bündel schnüren und dem Sitz der mecklenburgischen universitas litterarum den Rücken kehren.

Die Osterferien des folgenden Jahres sahen ihn in Stettin, und im Herbst 1864 erschien er zum zweiten Mal in Hamburg. Diesmal hatte er keine Empfehlungsbriefe nötig; sein Zuhörerkreis mehrte sich in rapider Progression, und der Wirt des Hôtel de Russie empfing ihn mit offenen Armen als gefeierten Künstler. Vier Wochen setzte er seine Vorträge unter unausgesetztem Beifall fort; Kraepelin wurde selbst in den exklusivsten Kreisen der Stadt ebenso Mode, wie es Fritz Reuter, vornehmlich durch ihn, dort geworden war.

Im Herbst 1865 kündigte er seine Musikstunden in Neustrelitz und widmete sich nun ganz dem neugeschaffenen Beruf. Ganz Norddeutschland, vornehmlich die Städte an der Ost- und Nordseeküste, wo das plattdeutsche Idiom seine eigentliche Heimat hat und noch jetzt ziemlich allgemein — im Volk wenigstens — verbreitet ist, wurde allmählich für seine Vorträge aus Reuters Dichtungen genommen, und von Jahr zu Jahr eroberte er ein immer größeres Terrain. Bremen, Oldenburg, Hamburg,

Kiel, Lübeck, Stralsund, Stettin, Danzig, Königsberg, Posen, Berlin, Magdeburg, Braunschweig, Hannover bildeten die Hauptstätten seiner Wirksamkeit; von diesen größeren Centren aus wurde die Umgegend bereist und so allmählich weiter vorgedrungen. Seit der Mitte der siebziger Jahre hatte er, ein wackrer Pionier deutschen Wesens und deutscher Kunst, auch nordschleswigsche Städte, wie Sonderburg und Apenrade, wo der Danismus annoch im Blüte steht, in seinen Bereich gezogen, ja auch in Mitteldeutschland Verständnis und Interesse für die Muse des Lieblingsdichters der Norddeutschen durch seine Vorlesungen geweckt und in Leipzig, Dresden, Altenburg und noch anderen Städten sich ein von Jahr zu Jahr vergrößertes Publikum erobert. —

Von der lokalen Ausdehnung seiner Wirksamkeit mag die folgende, von seiner Hand herrührende Zusammenstellung der von ihm seit 1873 besuchten Städte (in alphabetischer Reihenfolge) Kunde geben. Nach seinen Aufzeichnungen hielt er auf längere oder kürzere Zeit in der Wintersaison Vorlesungen:

1873: in Belgard, Brandenburg a. H., Carthaus, Christburg, Colberg, Cöslin, Danzig, Elbing, Eutin, Graudenz, Kiel, Königsberg i. Pr., Köslin, Lauenburg i. Pr., Lütjenburg, Marienburg, Marienwerder, Neustadt i. H., Neustadt i. O.-Pr., Ploen,

Preetz, Preuß.-Holland, Pr.-Stargardt, Rendsburg, Schlawe, Schleswig, Schönberg, Stolp i. Pr., Uelzen.

1874: Altona, Aurich, Bielefeld, Celle, Elmshorn, Emden, Flensburg, Gettorf, Glückstadt, Hamburg, Hannover, Harburg, Husum, Itzehoe, Kiel, Leer, Lingen, Lübbecke, Lüneburg, Melle, Minden, Oldendorf, Osnabrück, Rheda, Uelzen, Wandsbeck.

1875: Altona, Berne, Bielefeld, Brake, Bremen, Bremerhaven, Delmenhorst, Detmold, Elsfleth, Hamburg, Herford, Jever, Kiel, Leer, Melle, Oldenburg (Gr.), Ovelgönne, Pinneberg, Preetz, Rheda, Schönberg, Stralsund, Vegesack, Verden, Wandsbeck, Weener (Ostfriesland).

1876: Apenrade, Braunschweig, Cappeln, Celle, Clausthal, Detmold, Dresden, Eutin, Flensburg, Göttingen, Hannover, Herford, Hohenkirchen, Holzminden, Jever, Kiel, Leipzig, Lütjenburg, Magdeburg, Neumünster, Neustadt (Holstein), Nordhausen, Segeberg, Sonderburg, Tönning, Varel, Verden, Wilhelmshaven, Wolfenbüttel.

1877: Bergedorf, Bielefeld, Blumenthal, Brake, Bremen, Bremerhaven, Celle, Detmold, Dresden, Emden, Eutin, Hamburg, Hannover, Herford, Kiel, Lemgo, Oldenburg (Großh.), Varel, Vegesack, Verden, Wandsbeck.

1878: Altenburg, Anclam, Apenrade, Bergen (a. R.), Braunschweig, Cappeln, Celle, Crefeld, Dresden, Düsseldorf, Eckernförde, Eutin, Flensburg, Gettorf, Gingst (a. R.), Göttingen, Grimmen, Hadersleben, Hannover, Kiel, Lütjenburg, Neustadt (i. Holst.), Oldenburg (i. Holst.), Pinneberg, Plauen (i. V.), Putbus, Rondorf, Sagard (a. R.), Saßnitz,

Schleswig, Sonderburg, Stralsund, Uetersen, Unter-
barmen, Varel, Wolgast.

1879: Altenburg, Anclam, Bergen (a. R.), Braunschweig, Bremen, Bremerhaven, Celle, Düsseldorf, Emden, Eutin, Frankfurt (a. O.), Gingst (a. R.), Göttingen, Greifswald, Grimmen, Hameln, Hannover, Herford, Hildesheim, Leer, Leipzig, Lüneburg, Nienburg, Putbus, Stralsund, Vegesack, Wolgast.

1880: Altona, Bergen (a. R.), Braunschweig, Dresden, Eutin, Flensburg, Garding, Garz (a. R.), Greifswald, Hamburg, Hannover, Hildesheim, Husum, Itzehoe, Kiel, Leipzig, Lütjenburg, Neustadt (i. H.), Pinneberg, Putbus (a. R.), Rendsburg, Sagard (a. R.), Stralsund, Tönning, Wandsbeck, Wurzen.

1881: Bremerhaven, Elmshorn, Gettorf, Glückstadt, Greifswald, Hadersleben, Kiel, Neustadt (i. H.), Nienburg, Stralsund . . . .

Hier bricht das Verzeichnis ab.

Bereits im Jahre 1879 hatten sich die ersten Spuren eines Herzfehlers bei Kraepelin in empfindlicher Weise bemerkbar gemacht; weder die sorgsamste Pflege, noch die Kunst hervorragender Aerzte hatten dem langsamen, doch sicheren Fortschreiten des Uebels Einhalt zu thun vermocht. Mehr und mehr erschöpft kehrte er in jedem Frühjahr nach Potsdam zurück, wo er in den letzten Lebensjahren seinen ständigen Aufenthalt genommen hatte, um sich hier während des Sommers in strenger Zurückgezogenheit für den kommenden Winterfeldzug, der ihn Monate vorher zu beschäftigen pflegte, zu stärken und neue

Kräfte zu sammeln. Er selbst war über seinen Zustand völlig im Klaren; in einem Briefe vom 3. September 1880 schrieb er an den Verfasser: „Diesmal bin ich noch mit einem blauen Auge davon gekommen; ich habe noch einmal auf's Frische angenommen, Korl! Leider kann ich nicht mit Bräsigen hinzusetzen: „Frisch verstahlt, Korl!" Ich weiß nun ganz genau, woran ich einmal verenden werde, und daß der Moment, wo dies geschehen wird, nicht mehr allzu fern ist. Nach mehrmaliger genauer ärztlicher Untersuchung hat sich nämlich herausgestellt, daß ein Herzfehler, verbunden mit einem Nierenleiden, welche beiden Ungethüme ich schon seit Jahren in mir beherberge, sich nun, „wo ich in die Johren bün", in höchst unangenehmer Weise mausig machen und mir, wenn ich nicht ganz vorsichtig lebe, über kurz oder lang den Garaus machen werden. Den Sommer über ist das auch ganz gut gegangen mit dem Inachtnehmen, indem meine menschliche Nahrung hauptsächlich aus Milch und alle Tage einem Glase Rothwein bestand; wie das aber nun werden wird, wo ich wieder auf der Wanderschaft bin, weiß ich nicht. Nun, im Grunde liegt ja auch nichts daran: ich habe das Meinige gethan und kann ganz gut abkommen!"

Immerhin war Kraepelin gerade in den folgenden Wintermonaten wiederum mit außerordentlichem Erfolge thätig; aus den oben angeführten Verzeichnissen, ersehen wir, daß er (im September 1880) Putbus, Sagard, Bergen (auf Rügen), Dresden und Braunschweig, (im October) Hannover, Hildesheim, Wandsbeck und Hamburg, (im November und December) die beiden letztgenannten Städte und Altona, (im Januar 1881) Stralsund und Greifswald, (im Februar) Kiel und vier andere schleswigholsteinische Städte, (im März) Glückstadt, Elmshorn, Bremerhaven und Nienburg, im ganzen 21 verschiedene Orte besucht hat, von denen einige wochenlang seine Thätigkeit in Anspruch nahmen. Noch im Sommer 1881 fühlte er sich nach einigen Monaten der Erholung anfangs so gekräftigt, daß er schon im August die Insel Rügen aufzusuchen unternahm. Mit gewohnter geistiger Frische sammelte er den alten Kreis von Freunden und Verehrern um sich und schrieb in glückseliger Stimmung: „Ich fühle, ich kann's noch!"

Allein bald machte sich das alte Uebel mit verdoppelter Kraft bemerklich; mit Mühe absolvierte er im folgenden Monat Braunschweig, Hildesheim und Hannover. Hier feierte er am 5. October mit Freunden vom dortigen k. Hoftheater, wie Fritz Holthaus, dem gefeierten Charakterspieler, und anderen seinen Geburtstag in ahnungsvoll trüber Stimmung und schrieb: „Dies Jahr wird für mich sehr schwer werden, vielleicht das schwerste meines Lebens!"

Am 16. Oktober suchte Kraepelin die Stadt auf, in welcher er seine Laufbahn als Reuter-Vorleser begonnen und von der aus sich sein Ruf über ganz Norddeutschland rasch verbreitet hatte. Auch hier scheint er von trüben Ahnungen heimgesucht. So heißt es in einem seiner Briefe aus dieser Zeit: „Mit größerem Widerwillen bin ich wohl niemals nach einer Stadt gegangen, als hierher nach Hamburg!" — gerade, als wenn er die Ueberzeugung gehabt hätte, daß in dieser Stadt, wo er zuerst und am häufigsten einem allezeit großen und andächtig lauschenden Auditorium die lebensvollen Gestalten der Reuterschen Dichtungen verkörpert hatte, sein künstlerisches Wirken nunmehr ein Ziel finden sollte. Hamburg zeigte sich, wie immer, so auch in diesem Winter dem Künstler von der liebenswürdigsten Seite: Engagements bis zum Januar, dichtgefüllte Säle, die schmeichelhaftesten Urteile in der Presse, alles das vereinigte sich, um ihm zum letzten Male den selbstgeschaffenen und so lieb gewonnenen Beruf im hellsten Licht erscheinen zu lassen. Aber es bedurfte der höchsten Anspannung aller physischen und geistigen Kräfte, es bedurfte einer wahrhaft eisernen Energie, um bei der raschen Zunahme seines körperlichen Leidens, das mehr und mehr beängstigende Symptome zeigte, seiner Aufgabe gerecht zu werden.

Nachdem er am 27. November zum letzten Male mit der größten Anstrengung gelesen hatte, verschlimmerte sich sein Zustand derartig, daß er im Hamburger allgemeinen Krankenhause seine Zuflucht suchen mußte. Nach dreiwöchentlichem Aufenthalte daselbst war er soweit wiederhergestellt, daß mit Zustimmung des Arztes der Transport in seine Wohnung in Potsdam gewagt werden durfte. Es folgte nun eine fast ununterbrochene Kette schwerer Leiden, die der Patient in Geduld und ungetrübter Gemütsstimmung ertrug. Einige Wochen vor seinem Ende traten Phantasieen ein und verdunkelten den sonst so klaren Geist; erst an seinem Todestage, in den Nachmittagsstunden des 8. August 1882, kehrte ihm das volle Bewußtsein zurück. Er erkannte deutlich die Gefahr seines Zustandes, und schwer rangen Seele und Leib gegen die Gewalt des Todes, bis gegen 11 Uhr abends eine Herzlähmung die von ihm ersehnte Erlösung brachte.

Unter den weihevollen Klängen eines Trauermarsches wurde seine Leiche auf den schönen Friedhof in Potsdam übergeführt und ruht dort unter einem blumengeschmückten Grabhügel.

Sechstes Kapitel.

Zur Charakteristik Kraepelins und zur Würdigung seiner Kunst.

Da es als unbestritten gelten darf, daß Karl Kraepelin der Reuter=Vorleser par excellence gewesen ist, daß keiner gleich ihm durch seine Rhapsodenkunst ein wahres, volles Verständnis der Werke des Dichters zu erschließen und Interesse und Begeisterung für dieselben in den weitesten Kreisen zu erwecken verstanden hat, so glauben wir auf die Zustimmung unserer Leser rechnen zu dürfen, wenn wir seine Kunst im Folgenden etwas näher ins Auge fassen und in Kürze zu charakterisieren versuchen.

Vielerlei traf bei ihm glücklich zusammen, um seine Auffassung und Wiedergabe der Reuterschen Dichtungen zu einer gradezu vollendeten Kunstleistung zu stempeln. Wesentlich war zunächst der Umstand, daß er, selbst ein Mecklenburger, den Dialekt Fritz Reuters unbedingt beherrschte und mustergültig sprach; wesentlich ferner, daß er Lokalitäten, Verhältnisse, Persönlichkeiten, die vom Dichter oft direkt aus dem wirklichen Leben genommen und in seinen Schriften photographisch getreu geschildert sind*), aus eigener Anschauung genau kannte.

„Wer den Dichter will versteh'n,
Muß in Dichters Lande geh'n"
fordert Goethe mit Recht. Auch lag ein nicht zu unterschätzendes Moment für seine Kunst darin, daß er dem Dichter selbst bis zu dessen Tode (1874) persönlich nahe stand, so daß er durch unmittelbare Aufschlüsse aus Reuters Munde das eindringendste

---

*) Daß Fritz Reuter nicht selten seine Zeitgenossen mit ihrem wahren oder nur leise veränderten Namen in seine Dichtungen zog, ist hinlänglich bekannt. Gelegentlich drohten ihm daraus Unannehmlichkeiten zu erwachsen. So ist uns eine ergötzliche Geschichte in der Erinnerung geblieben, die uns Kraepelin, der sie aus Reuters eigenem Munde gehört, gelegentlich mitgeteilt hat. Im zweiten Bande der „Läuschen un Rimels" befindet sich die „grugliche Geschicht", in der ein Herr Penkuhn mit seiner stereotypen Redensart „et caetera p. p. un in dergleichen Sachen" die Hauptrolle spielt. Besagter Penkuhn (in Wirklichkeit lautet der Name etwas anders) hatte nun zu seinem Verdruß sich auf diese Weise verewigt gesehen und beschlossen, sich an dem Dichter, der damals in Neubrandenburg wohnte, energisch zu rächen. Eines Tages also macht er sich, mit einem derben Knotenstock bewaffnet, auf die Reise, um seine Absicht auszuführen. Er steigt im Gasthaus „Fürstenhof" ab und erzählt denn auch dem Wirt, was ihn hergeführt und wie er den „verfluchten Kierl, 'dei em in sine Bäuker brocht hett", zu strafen gedächte. Der Wirt (Herr Heinrich Lorentz) avertiert den

5

Verständnis auch der kleinsten Einzelheit in seinen Werken sich mit Leichtigkeit zu verschaffen in der Lage war. Ganz besonders aber hat der frühere Beruf Kraepelin zum ersten aller Reuter=Vorleser gemacht. Seine Bühnenthätigkeit hatte ihn gelehrt, den Intentionen des Dichters bis ins minutiöseste Detail nachzuspüren, die poetischen Gestalten ganz und voll zu erfassen und individuell und in plastischer Abrundung dem Publikum vorzuführen; sie hatte seinem sonoren, sympathisch berührenden, in trefflicher Schule ausgebildeten Organ die wunderbare Biegsamkeit verliehen, durch die es ihm möglich ward, die bunte Personenreihe in Reuters Schriften beim Vortrag streng auseinander zu halten und

---

in der Nähe wohnenden Dichter, und dieser tritt nicht lange darauf ganz unbefangen ins Gastzimmer, läßt sich eine Flasche Wein geben und knüpft mit dem ihm gegenüber sitzenden Penkuhn eine gebildete landwirtschaftliche Unterhaltung an. Der letztere findet bald Gefallen an dem gemütlichen, jovialen Fremden, die Unterhaltung belebt sich mehr und mehr, und über den drolligen Geschichten, die sein Gegenüber in unverwüstlich guter Laune zu erzählen weiß, vergißt Herr Penkuhn ganz und gar die Absicht, die ihn hergeführt hat. Endlich, nach einer Stunde behaglichen Zusammenseins, wendet er sich an seinen neuen Freund mit der Frage: „Nu seggen Sei mi äwerst ok, woans Sei heiten etc. p. p. und in dergleichen Sachen!" „Ick bün Fritz Reuter!" Tableau! Verdutztes Gesicht Penkuhns, aber nur für einen Augenblick! Die Liebenswürdigkeit des Dichters hatte seinen Zorn so völlig entwaffnet, daß sie als die besten Freunde schieden.

jede, selbst die untergeordnetste, Nebenrolle durch verschieden gefärbtes Timbre der Stimme und durch besondere Sprechweise aufs feinste zu individualisieren.

Der ehemalige Bühnenkünstler Karl Kraepelin zeigte sich auch darin, daß er die Personen nicht blos las, sondern gewissermaßen auch spielte. Unwillkürlich, schien es, nahm sein Gesicht beim Vortrag den Ausdruck an, wie er der geschilderten Situation und dem Charakter der einzelnen Figuren am angemessensten war. Wer ihn nur ein einziges Mal z. B. die „Franzosentid" hat lesen hören, wird noch in der Erinnerung haben, in wie wunderbar charakteristischer Weise das wehleidige Gesicht der „Mamsell Westphalen", als sie, der Ohnmacht nahe, von dem unwürdigen Verdacht hört, in den sie geraten ist (Kap. 6), die unbeschreiblich wichtige Miene des Onkel Herse, wenn er seinen Mitgefangenen die tiefste strategische Einsicht kund thut, die trotzige Unverfrorenheit des wackeren Müllerknechts Friedrich in Geberde und Gesichtsausdruck von ihm zur Darstellung gebracht wurde.

Eine besondere Kunst entwickelte er endlich in der Weise, wie er Hand und Arm zur Erläuterung des gesprochenen Worts verwendete. Es hat ihm ein jahrelanges Studium gekostet, ehe er, von der Bühne her an rasche und lebhafte Gestikulation gewöhnt, durch völlige und erschöpfende Durchbringung des Stoffes zu der künstlerischen Ruhe gelangt war, um durch eine ganz einfache, dem Zuhörer durchaus natürlich erscheinende Handbewegung dem von ihm gezeichneten Bilde eine kräftigere Färbung zu verleihen.

Wir haben wohl einmal den Vorwurf gegen ihn erhoben gehört, daß er in der letzten Zeit seiner Wirksamkeit grade in der eben erwähnten Beziehung des Guten zu viel gethan hätte: — nach unserem Urteil entschieden mit Unrecht. Die schwere Kunst des Maßhaltens hatte er überhaupt, wie kaum ein zweiter Recitator, sich voll und ganz zu eigen gemacht und bis zuletzt bewahrt. Aller Manieriertheit, allem hohlen Bühnenpathos abhold, überschritt er niemals die feine Grenzlinie des aesthetisch Schönen; ergreifende, hochtragische Particeen in Fritz Reuters Dichtungen, so trefflich er sie in seinem Vortrag zur Geltung zu bringen wußte, hat er nie, etwa durch Forcieren seiner Stimmmittel oder sonstige Aeußerlichkeiten, in ihrer Wirkung auf die Zuhörer noch zu steigern versucht, wie er andererseits auch allezeit für die Wiedergabe burlesker, derber Scenen, — soweit er sie überhaupt vortrug — den richtigen Ton zu treffen wußte.

Seine Thätigkeit erstreckte sich auf fast sämtliche Dichtungen Fritz Reuters. Nach seinen seit

Januar 1873 genau geführten Verzeichnissen, die dem Verfasser zur Einsicht vorlagen, hat er aus „Läuschen un Rimels" recitiert:*) Band I: „de Obserwanz", „wer hett be Fisch stahlen?", „de Bullenwisch", „de Giez", „Abjüs, Herr Leutnant", „wo is uns' Oß?", „de Gedanken tau Pird", „Rindfleisch un Plummen", „de Webb'", „de Frigeri", „de Pirdkur", „de Schapkur", „**dat Sößlingsmetz**", „moh inricht", „de Besorgung", „**de Tigerjagd**", „de Karnallenvagel", „de Gaus'handel", „de Koppweihdag", „dat Tansamenlopen", „Tru un Glowen", „von den ollen Blüchert". Aus Band II: „de swarten Pocken", „en gaud Geschäft", „de Buren bi Regenweder", „de Deckelweden", „wer is kläuker?", „de beiden Baden", „en Beten anners", „wenn Einer beiht, wat hei beiht" u. s. w., „wat sick de Kauhstall vertellt", „oh, Jöching Päsel, wat büst Du för'n Esel", „ümkihrt", „de nige Paleto", „du bröggst de Pann' weg", „dat is 'c", „en Prozeß will hei nich hewwen", „wat ut en Scheper warden kann", „grugliche Geschicht", „de Drom", „'ne gaude Utred", „'ne Geschicht von minen ollen Fründ Rein", „de Sokratische Method'", „en Rock möt babi äwrig sin", „wo is dat Für?"

---

*) Die besonders häufig gewählten Stücke sind gesperrt gedruckt.

„de richtige Grund", „Noth'= und Liebeswerke". —

Die „Reis' nah Belligen" mit ihrer Fülle origineller Gestalten und komischer Situationen ist wiederholt im Ganzen, wie in einzelnen Abschnitten von Kraepelin vorgetragen worden.

Mit besonderer Vorliebe aber verweilte er bei der „Franzosentid", das ihm als das eigentliche Meisterwerk des Dichters erschien, und dessen wahrhaft klassische Recitation seinerseits allezeit den ungeteilten Beifall seiner Zuhörer fand. Wie vorzüglich wurden, um nur einiges an dieser Stelle hervorzuheben, der „Möller Voß" mit seiner vom Genuß geistiger Getränke und dem Einatmen des Mehlstaubes chronisch affizierten und asthmatisch pfeifenden Lunge, der ehrenfeste, prächtige Amtshauptmann Weber, Mamsell Westphalen, Fritz Sahlmann, Onkel Herse mit seiner Wichtigthuerei und dem geheimnisvollen Wesen, schon durch die Stimme des Vorlesers charakterisiert, so daß es für den Hörer keiner besonderen Kraftanstrengung der Phantasie bedurfte, um zu glauben, er höre die Personen selbst reden und sehe die Handlung unmittelbar vor seinen Augen sich entwickeln. —

Auch die erste der im IV. Bande enthaltenen „twei lustigen Geschichten", die sinnige Erzählung „woans ick tau 'ne Fru kamm" hat Kraepelin wiederholt mit dem besten Erfolge vorgetragen.

Dagegen schien ihm das folgende Werk Fritz Reuters „ut mine Festungstid" weniger für den öffentlichen Vortrag geeignet, so hoch er das Buch im übrigen schätzte, in welchem sich deutlicher, als in irgend einem anderen, das göttliche Wesen des Humors offenbart, „wo der Dichter aus Thränen und Wunden Veilchen und Rosen erblühen und selbst noch in der Kerkernacht die Sonne des Scherzes und Frohsinns aufgehen läßt."*) Nur das zwanzigste Kapitel hat Kraepelin öfter, das 21. und 26. Kapitel im ganzen dreimal, je einmal (in Bremen) Kapitel 6—26, und (in Hannover) Kapitel 6—18 im Zusammenhange vorgetragen.

Aus Schurr-Murr wurde nur die erste Erzählung „Wat bi 'ne Awerraschung 'ruter kamen kann," eine wahre Perle des Humors, häufiger von ihm recitiert, während er die übrigen Abschnitte für ungeeignet, zum Teil auch wohl des Dichters nicht recht würdig hielt.

Dagegen wandte er wieder sein ganzes Können auf eine entsprechende Wiedergabe von „Hanne Nüte" (Band VII); natürlich verfuhr er auch hierbei eklektisch und beseitigte durch seine Striche manches, was ihm unwesentlich und weniger wirksam schien (vgl. den oben mitgeteilten Brief Fritz

---

*) O. Glagau, Fritz Reuter und seine Dichtungen, pag. 305.

Reuters, pag. 51). Der Vortrag der ersten fünf Abschnitte des Werks, sowie die Reproduktion der Vogelgespräche bildeten, wie jeder, der sie von ihm gehört, bezeugen wird, wahre Kabinetstücke seiner Kunst. —

Es bedarf keiner besonderen Hervorhebung, daß wohl in keinem anderen Werke so sehr, wie in der „Stromtid" die künstlerische Gestaltungskraft Kraepelins zur höchsten Geltung kam. Die zweite Hälfte seiner Vortragsabende pflegte dieser Dichtung unverkürzt zugewandt zu werden. Seine Auffassung und Wiedergabe aller der originellen Haupt- und Nebenfiguren, die uns in diesem Werk begegnen, war unbedingt mustergültig zu nennen. Der biedere Havermann, die kernige Madame Nüßler, ihr phlegmatischer Gatte mit seinen stereotypen Redensarten, die mühsam neben der Pfeife aus dem linken Mundwinkel hervorgeschoben werden, Fritz Tribbelfritz „der entfahmte Windhund," die runde, rührige Frau Pastorin, der brave Moses, die Spitzbuben Schluj'- uhr, David und Pomuchelskopp mit den verschmitzten Aeuglein und dem „lurigen" Blick, der „langschinkige", salbabernde Rektor Baldrian, der gallige Kaufmann Kurz, und wie sie alle heißen, die vollsaftigen, lebensfrischen Figuren, die des Dichters Phantasie in so überreicher Fülle uns vorgezaubert hat, — sie alle traten uns bei Kraepelin in scharf scheidender Charakteristik, in plastischer Ausgestaltung gewissermaßen greifbar vor Augen, — keiner jedoch vollendeter, als die Hauptperson der Geschichte, Zacharias Bräsig, jene Figur, deren Erfindung mit Recht die größte, künstlerische That des Dichters genannt ist, und welche sich getrost den besten Schöpfungen der ersten Humoristen aller Völker und Zeiten, einem Sancho Pansa, Falstaff, Mr. Pickwick, Sam Weller, ebenbürtig zur Seite stellen kann. Kraepelins Bräsig war eine Meisterleistung; gerade wie der Dichter diese Person mit besonderer Vorliebe behandelt, sie in die eigentliche Mitte des Werks gestellt und als den Hauptcharakter ausgestattet hat, so ist auch von seinem Vorleser auf eine würdige Wiedergabe Bräsigs stets das eingehendste Studium und die liebevollste Sorgfalt verwendet worden. Sein Gesichtsausdruck, sein Mienenspiel war dabei so naturwahr, so beredt, daß sich dem Zuhörer unwillkürlich der Gedanke aufdrängte: „So und nicht anders ist das wahre Bild des Bräsig!" —

„Kein Hüsung," dieses furchtbar düstere und erschütternde Sittengemälde, hat Kraepelin, so hoch er den Wert der Dichtung anschlug, nur einmal (im Winter 1871 in Berlin) ziemlich vollständig zum Vortrag gebracht, auch sonst nur ganz vereinzelt einige Abschnitte daraus gelesen, wie einmal

(in Altona) Kapitel 1, viermal das zweite, je ein=
mal das vierte, sechste und achte Kapitel. Zwar
wirkte gerade bei diesem Werk die dem Künstler
eigene Gestaltungsfähigkeit und Darstellungsgabe
besonders packend; aber er wird diese Dichtung
wohl aus demselben Grunde so äußerst selten ge=
wählt haben, wie er sich nicht dazu bewegen ließ,
das erste Kapitel der „Stromtid" vorzulesen. Nach
seiner eigenen Angabe hat er dies nur ein einziges
Mal in einem Privatkreise recitiert, aber nicht allein
bei den Anwesenden Thränen der Rührung hervor=
gerufen, sondern auch selbst vor innerer Ergriffen=
heit nicht zu Ende lesen können.

Als ganz besonderes Verdienst möchten wir es
Kraepelin anrechnen, daß er durch seine Rhapsoden=
kunst die beiden letzten größeren Werke des Dichters,
über welche die Kritik ziemlich einmütig den Stab
gebrochen, wieder zu Ehren gebracht und eine ge=
rechtere Würdigung derselben seitens des Publikums
angebahnt hat: „Dörchläuchting" und „de Reis'
nah Constantinopel". Wie er selbst sie gern
vortrug, so fanden gerade diese beiden Dichtungen
bei dem Auditorium stets die beifälligste Aufnahme,
und die vielen drolligen Scenen derselben, die zum
größten Teil ganz prächtig erfundenen und köstlich
ausgeprägten Charaktere übten allezeit eine zündende
Wirkung. Wir brauchen aus „Dörchläuchting" nur

an den Conrektor Aepinus, an Dürten Holzen, den Dichter Kägebein und besonders an die Bäckerfrau Schultsch und Dörchläuchting selber zu erinnern.

Bei dem überaus gelungenen Vortrag des „Weihnachtsabends im Ratskeller" feierte seine Kunst (in Kiel) einst einen der schönsten Triumphe: einer seiner Zuhörer, ein ernster, würdiger Mann, sprach sich nachher mit lebhaftem Bedauern darüber aus, „daß Kraepelin total betrunken gewesen sei: in nüchternem Zustande habe er diese Scene unmöglich so drastisch und naturgetreu wiedergeben können!" Wer dem Künstler näher gestanden hat, weiß, wie gewissenhaft er auf jede Vorlesung sich vorbereitete, wie unliebsam ihm eine Störung in den Stunden vor der Recitation war, und wie energisch er jeden Tropfen geistigen Getränks vorher zurückwies, so gern er auch nachher im Kreise vertrauter Freunde beim Becher zu verweilen pflegte.

Keins der Werke Fritz Reuters gewann im Munde Kraepelins mehr, als die „Reis' nah Constantinopel"; uns, und gewiß vielen andern, ist es erst durch seine Vorlesungen zu vollem Verständnis gekommen und in seinen Vorzügen voll erschlossen. Soll doch der Dichter selbst, als er seinen Rhapsoden das Werk in seiner Villa zu Eisenach zuerst vortragen hörte, von einem wahren Lachkrampf ergriffen worden sein und schleunigst sein „Lowising" herbeigerufen haben, um die köstliche Art, in welcher der Freund zumal die „Fru Sche=anette Groterjahn" auffaßte und sprach, mit anzuhören!

Die außerordentliche Wirkung, welche seine Vorträge hervorriefen, wäre nicht denkbar gewesen, wenn nicht der Künstler jederzeit selbst mit ernstem Eifer und dem gewissenhaften Bestreben, das Beste zu leisten, an seine Aufgabe herangetreten wäre, wenn er je sie handwerksmäßig erfaßt oder banausisch betrieben hätte. Man merkte ihm an, daß es ihm darum zu thun war, dem Dichter nach allen Seiten gerecht zu werden und seine ganze Kraft einzusetzen für eine würdige Lösung seiner Aufgabe. Er fühlte und empfand mit den Personen der Dichtung, er durchlebte stets gleichsam die geschilderte Situation. Daher denn auch die zündende Wirkung der komischen Stellen in seinem Munde, daher sein herzergreifender und markerschütternder Vortrag der tragischen Partieen in Reuters Schriften! Wie der große Humorist Regen und Sonnenschein in schnellem Wechsel vorzuführen weiß, so verstand es sein Rhapsode, Rührung bis zu Thränen und herzliches Lachen in fast unvermitteltem Uebergange hervorzurufen.

Merkwürdig war es, daß dieser Mann, der seines Erfolgs — wie man annehmen durfte — allezeit sicher war, vor dem Eintritt in den Saal jedesmal eine tüchtige Dosis Lampenfieber durch=

zumachen hatte. Er motivierte dies mit der Fülle
von Schwierigkeiten, die gerade der Recitator, wenn
er es ernst nimmt mit seiner Kunst, zu überwinden
habe, und die unmittelbar vor Beginn seiner Thätigkeit mit überwältigender Klarheit ihm vor die Seele
träten. „Nu geiht't up't Seil!" pflegte er in
Aufregung auszurufen, wenn der Moment des An-
fangens gekommen war, oder er citierte, mit langen
Schritten das Zimmer durchmessend, aus Schillers
Jungfrau:
    „Wollte Gott, es wäre
Vorüber, und der König wär' gekrönt!" —
    Kraepelin war eine bedächtige, in seinen Ent-
schlüssen langsame, fast zaghafte Natur. Oft trat
ihm zur Unzeit seine zu große Bedenklichkeit, seine
Unentschlossenheit neuen Verhältnissen gegenüber,
die einen frischen Mut und Raschheit der Ent-
schließung verlangen, hindernd in den Weg: so
z. B. als im Jahre 1878 eine Einladung zum
Kongresse der plattdeutschen Vereine von Nord-
und Süddeutschland nach Stuttgart an ihn ergangen
war. Er schrieb damals an den Verfasser (14. Juni
1878): „Eine Einladung zum Congreß habe ich
theils in Anbetracht der kaum beendeten Kur, theils
und hauptsächlich aber aus Sparsamkeitsrücksichten
abgelehnt," und fügte, anscheinend selbst mit sich
nicht sonderlich zufrieden, hinzu: „Ob ich recht

gethan, lasse ich dahingestellt; jedenfalls bewahrheitet sich bei mir nur zu oft im Leben das alte Sprichwort: „Wenn't Klümp regent, heww' ick ümmer grad' keinen Lepel!"

Den Wahlspruch des Franzosen »le succès est toujours l'enfant de l'audace!« hat Kraepelin nie zu dem seinigen gemacht; die Gunst des Augenblicks rasch zu ergreifen und zu benutzen lag seiner echt norddeutschen Natur durchaus fern. Durch seine zum Teil trüben Lebenserfahrungen pessimistisch angehaucht, ließ er sich nie darauf ein, mit günstigen Chancen zu rechnen; langsam und bedächtig traf er seine Vorbereitungen, und erst wenn er das Fundament fest und sicher gelegt wußte, begann er weiter zu bauen, Schritt für Schritt, ohne sich durch einen Augenblickserfolg über die faktischen Verhältnisse täuschen zu lassen.

Mit derselben Bedächtigkeit und Gewissenhaftigkeit verfuhr er in seiner künstlerischen Thätigkeit: vom Beifall der Menge unbeirrt, hat er bis in die letzten Lebensjahre immer und immer wieder aufs sorgfältigste geprüft und gefeilt und bis ins unscheinbarste Detail alles genau erwogen. Obwohl schon beim Beginn seiner Laufbahn als Reuter=Vorleser alle Gestalten der Dichtungen klar und plastisch abgerundet vor seinem geistigen Auge standen, bot es ihm doch allezeit ein reiches Arbeitsfeld, den richtigsten Ton für jede einzelne zu treffen und die zu schildernden Menschen dem Hörer so individuell verkörpert vorzuführen, daß man sich sofort sagen mußte: So, und nicht anders, hat sich der Dichter die Personen gedacht! Stets war er bereit, mit irgend einer neuen, ergänzenden Nüance dem bereits Geschaffenen eine noch prägnantere Form, eine noch deutlichere Färbung zu verleihen. So ist beispielsweise der Stockschnupfen, mit dem er Pomuchelskopp in der „Stromtid" so treffend zu charakterisieren wußte, erst in den letzten drei Jahren von ihm hinzugefügt worden. Ebenso wurde das Tempo, in dem er die verschiedenen Personen reden ließ, unausgesetzt aufs peinlichste erwogen; auch in dieser Beziehung feilte und besserte er beständig. Nie hat er das Podium betreten, ohne sich vorher stundenlang auf das vorzutragende Pensum aufs gewissenhafteste präpariert zu haben.

Aber eben dieser Gewissenhaftigkeit, mit der er in seinen Kunstleistungen verfuhr, dankte er es, daß man in ihm einen wahrhaft klassischen Interpreten der Dichtungen Fritz Reuters verehrte, daß es ihm, wie keinem andern, gelang, den in den Lettern gleichsam erstarrten Gebilden unsers größten deutschen Humoristen durch seinen Vortrag ein warmes, kräftiges Leben einzuhauchen. —

In wehmütiger Erinnerung gedenken wir nach

seinem Hinscheiden der schönen, genußreichen Stunden, in denen seine unvergleichliche Rhapsodenkunst unser ungeteiltes Entzücken hervorrief und den lebhaftesten Beifall entfesselte. Aber unvergessen lebt sein Bild in unserem Geiste fort, und so lange Reuters Schriften verehrt werden, mag man auch des Mannes eingedenk bleiben, der über zwanzig Jahre lang als begeisterter Apostel für ihre Verbreitung unabläßig thätig gewesen ist, durch seine Kunst unendlich vielen das volle Verständnis der herrlichen Dichtungen erschlossen und allezeit sich bestrebt hat, Liebe und Begeisterung für die Muse des gottbegnadeten Dichters im deutschen Volk zu entzünden!

Ferdinand Schlotke, Hamburg.